Nina Rauprich
Das Mädchen unter der Brücke

Nina Rauprich wurde 1938 in Bielefeld geboren. Nach einem Studium der Landwirtschaft und Pflanzenzüchtung wurde sie am Max-Reinhardt-Seminar in Berlin zur Schauspielerin ausgebildet und war längere Zeit an verschiedenen Bühnen und beim Fernsehen tätig. Heute lebt sie als freie Schriftstellerin in der Eifel. Sie hat viele Fernreisen unternommen, unter anderem auch nach Indien. Ihre Bücher wurden in verschiedene Sprachen übersetzt und mehrfach ausgezeichnet, unter anderem mit dem Friedrich-Gerstäcker-Preis der Stadt Braunschweig für den Titel ›Die abenteuerliche Flucht des Carl Kroll‹.
Weitere Bücher von Nina Rauprich bei dtv junior: siehe Seite 4

Nina Rauprich

Das Mädchen unter der Brücke

Deutscher Taschenbuch Verlag

Zu diesem Band gibt es ein Unterrichtsmodell, enthalten in LESEN IN DER SCHULE (Jugendromane), unter der Bestellnummer 8108 durch den Buchhandel oder den Verlag zu beziehen.

Von Nina Rauprich sind außerdem
bei dtv junior lieferbar:
Lasst den Uhu leben!, dtv junior 70129
Die sanften Riesen der Meere, dtv junior 70217
Im Schatten des großen Shiva, dtv junior 70464
Martin und sein Ki-Wau-Miau, dtv junior 70489

Bearbeitete Neuausgabe
nach den Regeln der Rechtschreibreform
10. Auflage Dezember 2001
1993 Deutscher Taschenbuch Verlag GmbH & Co. KG,
München
www.dtvjunior.de

ISBN 3-7817-1784-4
Umschlaggestaltung: Jorge Schmidt und
Tabea Dietrich unter Verwendung eines Fotos
von Jan Roeder
Gesetzt aus der Garamond 11/12 1/2
Gesamtherstellung: Ebner Ulm
Printed in Germany · 3-423-78043-6

1

Die Woche hatte so öde begonnen, wie die Woche davor geendet hatte. Nieselregen wechselte mit Schauern ab und manchmal gab es Sturm. In der Schule auch immer dasselbe. Die Lehrer maulten über die Schüler, die Schüler maulten über die Lehrer. Doris, meine beste Freundin, war vor fast drei Monaten mit ihren Eltern in eine Kleinstadt umgezogen, sechshundert Kilometer entfernt. Sie schrieb mir, dass sie mich vermisse. Ich schrieb ihr dasselbe. Bei uns zu Hause war die Stimmung auch grau wie die Wolken vor den Fenstern. Ich hing nur rum.

Meine Mutter hing auf ihre Weise ebenfalls rum oder ging zum Friseur. Seit mein Vater ausgezogen war, lief sie ständig zum Friseur. Als ob ihre Probleme an den Haaren lägen! Aber wieso Probleme? Dieses Wort wurde bei uns vermieden. Probleme hatten andere Leute, wir nicht. Meine Mutter hatte für alles, was nicht glatt und gut verlief, einen ganz besonderen Dreh, den Positiv-Dreh. Wenn ich unglücklich war, ermahnte sie mich lächelnd: »Man muss die Welt positiv sehen.« Ich konnte damit nur selten etwas anfangen. Aber sie verstand es meisterhaft, die Dinge so zu schaukeln, dass eine rosarote Seite zum Vorschein kam. Das sah dann zum Beispiel bei Daddy so aus: »Er hat uns im Stich gelassen«, beklagte ich mich und musste immer noch darüber heulen. »Er hat sich zurückgezogen um sich selbst zu finden«, sagte Ma und lächelte. »Das ist eine durchaus positive Entscheidung. Es ist gut so, wie es ist.«

Trotzdem lief sie dauernd zum Friseur. Sie topfte die Blumen um, reinigte den Keller, trug Sperrmüll auf die Straße. Sie räumte Schränke aus und wieder ein, Zimmer für Zimmer. Sie hatte mehr Zeit, seit Daddy weg war. Das behauptete sie jedenfalls. Und natürlich war das positiv. Immer lächelte sie bei diesem Dreh. Aber sie sah nicht gut dabei aus. Um den Mund bekam sie Falten.

So trist die Woche begonnen hatte, ging sie auch weiter. Auf einen öden Mittwoch folgte ein öder Donnerstag – und damit die Klavierstunde bei Fräulein Wunderlich.

Fräulein Wunderlich hieß nicht nur so, sie war es auch. Sie war mindestens sechzig, trotzdem bestand sie darauf, mit Fräulein angeredet zu werden. Ich fand sie schrullig. Doch weil sie um drei Ecken mit uns verwandt war und weil meine Oma uns ein Klavier vererbt hatte, durfte ich seit meinem zehnten Geburtstag einmal in der Woche zu Fräulein Wunderlich in die Klavierstunde traben. Nun schon seit fünf Jahren.

»Es regnet«, bemerkte ich beim Mittagessen, obwohl das wahrhaftig keine Neuigkeit mehr war.

Meine Mutter wusste aber sofort, um was es ging. »Der Flügel von Fräulein Wunderlich steht nicht im Garten«, hielt sie dagegen.

Ich räusperte mich. »Seit gestern habe ich so ein komisches Kratzen im Hals. Ich weiß auch nicht ...«

»Du sollst nicht singen, Klavier spielen genügt.« Ma lächelte wie früher beim Mensch-ärgere-dich-nicht-Spiel, wenn sie meine Männchen aus dem Feld schubste.

Mir fielen noch der Chemietest und die englischen Vokabeln ein.

»Musik entspannt und ein entspanntes Gehirn kann besser aufnehmen.« Meine Mutter stellte sich stur.

Dann eben nicht! Wenn ich gut drauf war, konnten wir eine derartige Unterhaltung mächtig steigern. Wie bei dem alten Würfelspiel jagten wir uns, nur benutzten wir statt Männchen Argumente. Hatte Ma gute Laune, ließ sie mich gewinnen. Heute hatte sie keine. Da gab ich lieber freiwillig auf. Ma hatte nämlich ihren Positiv-Dreh immer parat. Wenn sie unbedingt siegen wollte, entschied sie: »Es ist gut so, wie es ist.«

Von da an war keine Diskussion mehr mit ihr möglich. Sie verschanzte sich hinter diesem Satz. Daddy war abgehauen, Ma bekam Falten um den Mund, ich hätte heulen, trampeln, schreien mögen. Aber nein, Susanne, du weißt doch, es ist gut so, wie es ist.

Gegen drei Uhr nachmittags holte ich mein Fahrrad aus dem Keller. Wegen des Wetters – es war gerade wieder Nieselregen dran – nahm ich die Abkürzung am Weidenbach entlang, unter der Autobahnbrücke hindurch. Das war ein Privatweg und der Besitzer hatte etwas gegen Radfahrer und Spaziergänger. Aber bei dem Matschwetter war wohl nicht damit zu rechnen, dass er dort durch die Büsche schlich und mich anmotzte.

Es ging auch alles gut. Der Weidenbach führte Hochwasser. Ich musste einen kleinen Schlenker vom Weg ab über eine gemähte Wiese machen und kam dann unter die Autobahnbrücke. Da saß jemand. Ich kriegte einen gehörigen Schreck. Mein erster Gedanke war: Hilfe, da sitzt der Motzer! Der packt mich jetzt und schubst mich in den überschwappenden Weidenbach. – Meine Fantasie geht manchmal mit mir durch. – Ich wollte schon umdrehen, da sah ich gerade noch, wie dieser Jemand den Kopf von den Knien hob. – Ein Mädchen.

Unter der Brücke pfiff ein schneidender Wind. Oben dröhnten und donnerten die Autos und hier saß ein Mädchen auf der Erde. Sie hatte die Arme um die Beine geschlungen, die Knie bis an den Hals hochgezogen und unter ihren Anorak gesteckt. Die Hände hatte sie in die Ärmel geschoben. Außer Kopf und Füßen war tatsächlich alles von ihr in die Jacke gequetscht. Das sah irgendwie komisch aus. Wie ein menschliches Paket.

Ich stieg ab, obwohl ich sicher war, dass ich diesen Kopf mit Anorak und Füßen nicht kannte. Aber wie dieses fremde Mädchen mich anstarrte und wie sie da hockte in dem Lärm und

Wind, das wirkte auf mich wie eine Schranke. Da konnte ich nicht einfach vorbeifahren.

»Haste mal 'ne Kippe für mich?«, fragte sie, noch ehe ich meine Überraschung im Griff hatte.

»Eh, wie bitte?«, stotterte ich.

»Zigarette«, übersetzte sie.

»Ja, das habe ich schon begriffen, aber ich rauche nicht. – Was machst du hier?«

»Siehst du doch. Ich sitze. Noch was unklar?«

Darauf fiel mir keine Antwort ein.

»Du hast nicht zufällig ein Stück Brot? Apfel oder Kaugummi wäre auch nicht schlecht. Nee? Na ja, egal. Was ist denn in der Plastiktüte auf deinem Gepäckträger?«, fragte sie.

»Das? Ach so, Noten.« Ich kam mir dämlich vor, obwohl ich nicht recht wusste, warum. Das überhitzte Musikzimmer von Fräulein Wunderlich fiel mir ein. Ich dachte an die gezierte Sprechweise, mit der sie mich korrigierte.

Hier saß ein Mädchen und sagte ganz locker: »Haste mal 'ne Kippe?« In diesem Augenblick ödete mich das Geklimper noch mehr an als Regen, Schule und die Selbstfindung von meinem Vater.

»Ich heiße Susanne«, sagte ich, weil ich von den Noten ablenken wollte und mir nichts Passenderes einfiel.

»Katja. – Was für ein Tag ist heute?«

»Donnerstag.«

»Und welches Datum?«, wollte sie wissen.

»Sag mal, bist du nicht ganz dicht? Du hockst

hier unter der Brücke und fragst wahrscheinlich jeden, der vorbeikommt, nach Tag und Datum. Was soll das?«

»Außer dir ist noch keiner hier gewesen.« Katja guckte gleichgültig an mir vorbei. »Ich hatte mal ’ne Armbanduhr, die lief ohne anzuhalten, und welches Datum gerade dran war, wusste sie auch. Da brauchte ich keine Leute anzuquatschen. Aber das Teil ist weg. Also verrätst du mir nun, welchen wir heute haben? Ich muss das wissen.«

Ich dachte scharf nach, dann fiel es mir ein. »Siebzehnter Oktober.«

»Scheiße«, stieß sie zwischen den Zähnen hervor.

»Wieso?«

»Weil’s dann nicht mehr warm wird, auch wenn die Sonne ihren Ofen noch mal anschmeißt. Bringt nichts mehr. Nach dem fünfzehnten Oktober möchte ich mich am liebsten in der Erde verbuddeln und erst im März wieder rauskommen. Ob man das trainieren kann, Winterschlaf, meine ich? Die Viecher kriegen das doch auch hin. Igel und Kollegen.«

»Du frierst«, stellte ich etwas blöd fest.

»Logo! Wir haben ja auch den siebzehnten Oktober. Ab fünfzehnten friere ich.«

»Warum hockst du dann hier? Du bist wirklich komisch. Geh doch nach Hause. Wir haben schon lange die Heizung angestellt. Ihr nicht?«

»Heizung kaputt.« Katja zuckte gelangweilt die Schultern, als hätten schon zwanzig Leute vor mir danach gefragt. »Wenn du nichts dagegen hast, könnte ich mich vielleicht bei euch ein bisschen ... für 'ne halbe Stunde oder so ...« Sie sprach den Satz nicht zu Ende, sah mich nur unentwegt an. Ihre Augen waren dunkel, fordernd, bittend, lauernd, alles gleichzeitig.

Ich konnte diesen Blick nicht aushalten und machte mich deshalb an meinem Vorderreifen zu schaffen. – Man muss ja mal den Luftdruck prüfen. – Diese Katja kam mir seltsam vor. Von ihr ging eine eigenartige Spannung aus.

»Du, ich fahre jetzt nicht nach Hause«, sagte ich.

Katjas Augen ließen mich los. Sie drehte den Kopf zur Seite und starrte auf das trübe Wasser im Weidenbach.

Erst jetzt fiel mir auf, wie blass sie war. Ihr Gesicht wirkte auf einmal ganz leer. Sie sah sehr traurig aus.

»Es tut mir echt Leid, ich muss zur Klavierstunde«, entschuldigte ich mich. Und weil Katja überhaupt nicht reagierte, redete ich weiter: »Du kannst mir glauben, ich habe kein bisschen Lust zu dem Geklimper, aber meine Mutter besteht darauf. Vielleicht später. Ich komme in einer Stunde wieder zurück.«

»Warum lässt du die Musik nicht sausen?«, murmelte Katja und sah dabei noch immer so verloren auf das Wasser.

»Unmöglich! Wie stellst du dir das vor? Meine Klavierlehrerin ruft sofort bei uns zu Hause an, wenn ich nicht komme. Dann regt sich meine Mutter entsetzlich auf und meint gleich, ich sei unter die Räder gekommen oder so was. Ich kann wirklich nicht einfach schwänzen, nur weil bei euch die Heizung kaputt ist.«

Katja wandte mir ihr Gesicht wieder zu. Langsam schob sie die Hände aus den Ärmeln und kam steif und umständlich auf die Füße.

»Ruf doch die Klaviertussi an und huste kräftig«, schlug sie vor. »Die hat bestimmt Angst vor Ansteckung.«

Fräulein Wunderlich lebte tatsächlich in ständiger Furcht vor Krankheiten. Ihre Lieblingswörter waren »musisch« und »hygienisch«. Auf der Fensterbank neben ihrem geliebten Flügel stand eine Flasche mit Desinfektionslösung. Allzeit griffbereit.

»Du scheinst dich mit Klavierlehrerinnen hervorragend auszukennen«, sagte ich und musste lachen bei dem Gedanken an Fräulein Wunderlichs Gesundheitsfimmel. »Ein Husten ist für meine jedenfalls eine ernste Bedrohung. Aber was soll der Trick bringen? Meine Mutter ist zu Hause und die fällt bestimmt nicht darauf herein.«

»Habt ihr hier kein Juze?«, fragte Katja.

»Juze? Was ist das denn?«

»Jugendzentrum«, klärte Katja mich auf.

»Ach, du meinst diese Einrichtung, die sämtliche Anlieger auf die Palme bringt, weil sie sich in ihrer Ruhe gestört fühlen.«

Katja nickte. »Genau die meine ich.«

»Bei uns hat das Jugendzentrum einen Namen, nämlich ›Treffpunkt‹. Es ist gar nicht weit von hier. Ich war aber noch nie dort.«

Katjas Traurigkeit fiel von ihr ab und sofort hatte sie wieder diesen lauernd-fordernd-bittenden Blick. Es lag nichts Bösartiges oder Hinterlistiges darin. Trotzdem fühlte ich mich unsicher. Aber das ging mir leider oft so bei Leuten, die ich nicht kannte.

Sie tippte mit dem Fuß gegen mein Fahrrad. »Teure Marke«, urteilte sie abfällig. »Wetten, du bist so ein gut behütetes Töchterlein: piekfeine Klamotten, eigenes Zimmer, Bücher an der Wand, Klavierstunde, immer brav zur Schule gehen und sonntags mit Papi und Mami Sahnetorte schlabbern. Stimmt's?«

Ich packte meinen Lenker fester und schob los. Auf solche Unterstellungen reagiere ich allergisch. Außerdem wurde es Zeit. Wenn ich zu spät kam, empfing mich Fräulein Wunderlich mit einem ihrer albernen Sprüche: Pünktlichkeit ist die Höflichkeit der Könige. Das wollte ich mir auf jeden Fall ersparen.

»Eh, Susanne, renn nicht weg. Du bist in Ordnung, das habe ich von Anfang an gespürt. Was hast du denn auf einmal? Sei doch nicht gleich eingeschnappt. Warte mal, ich muss dir unbedingt noch was sagen. Susi!!«

»Erstens heiße ich nicht Susi. Zweitens muss ich mich beeilen und drittens war es nett, dich getroffen zu haben.«

Sie hängte sich an meinen Gepäckträger und hielt das Fahrrad fest. Gleichzeitig redete sie weiter. Ich versuchte sie zur Seite zu schieben. Katja beeindruckte das überhaupt nicht. Sie sah mich unverwandt an, sprach schnell und eindringlich, als wäre ich eine Art Rettungsanker für sie, den sie auf keinen Fall loslassen durfte. Oder als hätte sie schon ewig auf mich gewartet. Wahrscheinlich war das Quatsch, reine Einbildung von mir. Doch wie auch immer, Katja war auf eine unausweichliche Art intensiv. Ich konnte mich dem nicht entziehen. Eben war ich noch sauer auf sie gewesen, nun gab ich schon wieder nach und hörte ihr zu.

»Du willst gar nicht Klavier spielen, das hast du selber zugegeben. Und dann machst du es trotzdem. Wozu soll das gut sein? Weißt du, was ich glaube? Du ziehst ganz oft durch, was andere von dir wollen. Du traust dich nie mal aufzutrumpfen. Das sehe ich dir an. In so was kenne ich mich nämlich aus. Ich brauche Leute nur vor mir zu haben, dann weiß ich, wie die drauf sind. Wenn du damit nicht bald aufhörst, schrumpfst du. Innerlich, meine ich. Die andern wachsen dir über den Kopf und du selbst wirst immer kleiner. Erst drücken dich die Eltern runter, dann der Macker, den du mal heiratest, und die Typen mit den harten Ellenbogen. Von denen wimmelt es in der Welt. Pass bloß auf, sonst nimmst du dich eines Tages selber nicht mehr für voll. Ich habe bisher nicht besonders viel gelernt, aber das habe ich begriffen. Gründlich!«

Sie ließ den Gepäckträger los und legte mir eine Hand auf die Schulter, als ob wir schon lange Freundinnen wären. »Hör mal, warum machen wir zwei uns nicht einen schnuckeligen Nachmittag? Deine Mutter kriegt nichts mit, und die Klaviertussi erst recht nicht. – Na, was ist?«

Ich musste erst mal schlucken. Bei mir sitzen die Tränen sehr locker. Dagegen bin ich machtlos. Und Katja hatte meinen wunden Punkt getroffen. Das mit dem Schrumpfen meine ich. Ma und Dad hatten feste Vorstellungen, wie ich sein sollte. Sie bestimmten, was ich gut zu finden hatte. Aber gleichzeitig waren sie auch lieb zu mir. Das machte die Sache kompliziert. Oft wollte ich ganz anders sein, mich mal selber ausprobieren, nicht immer nur positiv sein, sondern verrückt, faul, schlampig, albern. Einfach mal sehen, wie mir das bekommt. In meinen Träumen war ich eine andere Susanne, die echte. Nur tagsüber klappte das nicht. Da war ich die Tochter meiner Eltern. Ich schluckte noch zweimal und sagte dann: »Also mach's nicht so spannend. Rück raus mit deinem tollen Vorschlag.«

»Ganz simpel! Du rufst die Tante an und meldest dich krank. Husten glaubt dir jeder bei dem Mistwetter. Danach verschwinden wir im Juze.«

Der Vorschlag war wirklich simpel. Ich wollte schon lange mal zum Treffpunkt gehen, aber allein hatte ich mich nicht getraut. Jetzt war Katja bei mir. Trotzdem sträubte sich ganz viel in mir. Katja überfuhr mich regelrecht. Ich musste erst mal nachdenken. Bei mir geht so was nämlich immer schief. Ma kriegt alles mit und dann setzt sie diese Leidensmiene auf und hält mir vor, ich hätte ihr Vertrauen missbraucht. Damit erreichte sie regelmäßig, dass ich mich klein und erbärmlich fühlte und am liebsten im Erdboden versunken wäre.

Aber auf keinen Fall wollte ich, dass Katja meine Gedanken erriet. Sonst hielt sie mich auch noch für einen Feigling. Zum Glück kam mir eine rettende Idee, die mich von jeder Entscheidung befreite. »Ich habe kein Geld zum Telefonieren bei mir«, sagte ich wahrheitsgemäß.

Katjas Antwort kam prompt. »Wenn's weiter nichts ist! Wo ist die nächste Telefonzelle?«

Sie ging entschlossen los und ich lief einfach mit. Sie hatte mich überrumpelt. Ich wusste nicht einmal, ob ich das gut oder schlecht fand. Ich konnte auch nicht darüber nachdenken, denn Katja redete weiter auf mich ein. »Du bist Spitze! Ich habe gleich geahnt, dass ich mich in dir nicht täusche. Mach dir bloß nicht ins Hemd wegen deiner Mutter. Die kommt schon nicht dahinter. Und wenn doch – dann gibt es eben Zoff. Aber das geht schnell vorbei. Weißt du, was ich festgestellt habe? Der Schiss, den man vor Streit und Kloppe und all dem Ärger hat, ist viel schlimmer als die Sache selbst.«

Ich ließ sie reden. Mir war alles andere als wohl zu Mute. Gleichzeitig fand ich die Angelegenheit aber spannend und irgendwie verrückt.

Wir liefen noch ein Stück am Weidenbach entlang und kamen nach kurzer Zeit wieder auf eine

Straße. Ich wollte gar nicht wissen, wo hier eine Telefonzelle war. Doch schon an der nächsten Ecke stand ein Telekomhäuschen. Und es war sogar eins, das man mit Geld statt mit einer Plastikkarte bedienen musste.

»Also gut, Kleingeld bitte.« Ich hielt die Hand auf.

Katja wühlte in ihren Anoraktaschen und blickte dabei die Straße hinauf und hinunter.

»Los, was ist nun?«, drängelte ich.

»Moment, kommt sofort«, murmelte Katja und lief ohne weitere Erklärung über die Fahrbahn auf die andere Seite. Dort sprach sie eine ältere Frau an, die ihr mit zwei Einkaufstaschen entgegenkam. Ich begriff überhaupt nichts mehr.

Katja wischte sich mit fahrigen Bewegungen über das Gesicht. Sie sah verzweifelt aus. Ich hörte, dass sie etwas von Mutter und Krankenhaus faselte, von Operation und Geld vergessen. Das Ganze wirkte reichlich dramatisch. Die Frau setzte ihre Taschen ab, zog ein Portemonnaie hervor und drückte Katja ein paar Münzen in die Hand. Katja bedankte sich artig und flitzte über die Straße zu mir zurück.

»Kanntest du die Frau?«, fragte ich.

»Nee, wieso? Hier, du wolltest doch telefonieren. Da hast du deine Münzen.«

Ich wusste nicht, ob ich schockiert oder voll Bewunderung war. Aber wie auch immer. Katjas Dreistigkeit wirkte ansteckend. Ich rief Fräulein Wunderlich an und hustete kräftig dabei. Die

Lügerei gelang mir zu meinem eigenen Erstaunen ausgezeichnet. Nachdem ich den Hörer wieder eingehängt hatte, sahen wir uns an und kicherten.

Auf einmal kam mir der Himmel viel weniger grau vor. Ich nahm mein Fahrrad und wir zogen los zum Treffpunkt.

Bisher hatte ich mich noch nie hierher getraut, weil meine Mutter vermutete, das sei eine soziale Einrichtung für Jugendliche, die kein ordentliches Zuhause hätten, die Hasch rauchten und die man schon am Nachmittag mit einer Bierflasche in der Hand anträfe. »Du kannst deine Freizeit in besserer Umgebung verbringen. Dir fehlt schließlich zu Hause nichts«, war Mas Meinung. Ich hatte das geschluckt ohne darüber nachzudenken. Jetzt packte mich die Neugierde.

An der Tür dröhnte uns was ganz Lautes entgegen. Das war Rock, aber ich kannte die Gruppe nicht. Meine Mutter hätte sich die Ohren zugehalten und behauptet, das sei keine Musik, sondern eine Vergewaltigung von Tönen. Sie liebte Klaviersonaten und damit war dieser Sound nun wirklich nicht zu vergleichen.

Die Wände waren lila, schwarz und hellgrau gestrichen. Darüber hingen Poster. In der Mitte des Raumes stand ein Billardtisch. An der hinteren Wand war eine Theke aufgebaut. Darauf standen Stapel von Cola- und Limodosen und eine Kaffeemaschine. Auf einem Hocker vor der Theke saß Thomas Knollmann, ein Junge aus meiner Klasse. Er drehte sich gerade eine Zigarette. Knolle, dieser Spinner! Ich fand ihn doof. Er mich vermutlich auch.

Katja steuerte auf ihn los. »Drehst du mir eine mit?«, fragte sie unbefangen. »Ich habe meinen Tabak vergessen.«

Knolle überließ ihr die fertig Gedrehte. Sie griff lässig nach seinem Feuerzeug und zündete sie an. Dann kam sie zu mir zurück. Ich stand noch immer an der Eingangstür.

»Willst du mal ziehen?«, fragte Katja und hielt mir die Zigarette hin.

Noch ehe ich antworten konnte, rief Knolle so laut, dass es jeder hören konnte: »Die Sanne doch nicht.«

Katja ließ mich stehen und setzte sich auf den einzigen freien Platz vor der Theke. Ich hockte mich auf eine Kiste, die neben einer Grünpflanze am Fenster stand. Hoffentlich durfte man sich überhaupt darauf setzen. Wenn ich irgendwo zum ersten Mal war, kroch mir immer so ein Unbehagen den Rücken hoch. Ich wusste dann nie, wohin ich gucken oder mit wem ich reden sollte. Am liebsten hätte ich mich auch jetzt lautlos wieder verdrückt.

Katja war entweder schon öfters hier gewesen oder kannte derartige Schwierigkeiten nicht. Ganz locker redete sie mit zwei Mädchen, die neben ihr saßen. Sie war strahlender Laune. Eben noch hatte sie mit leerem Blick auf den Weidenbach gestarrt, als wäre sie völlig am Ende, und jetzt sprudelte sie über. Ich wurde aus ihr nicht schlau.

Es dauerte keine fünf Minuten, dann holte eines der Mädchen drei Becher Kaffee. Katja trank gierig. Ich dachte schon, sie hätte mich wegen ihrer neuen Bekannten abgeschrieben, aber sie kam dann doch wieder zu mir. »Hier, trink, das tut gut«, sagte sie.

Ich nippte nur und gab ihr den Becher zurück. Eine spitze Bemerkung konnte ich mir allerdings nicht verkneifen. »Im Schnorren bist du Weltmeister.«

»Das sieht nur so aus.« Sie winkte lachend ab. »Wenn ich Knete habe, teile ich auch. Logo!« Sie schlürfte den Becher leer und stellte ihn auf den Blumentopf neben mir. Dann zog sie ihren Anorak aus. »Halt mal, ich muss auf den Pott.«

Es dauerte eine ganze Weile, bis sie zurückkam. Ihr Gesicht war gerötet. Ich glaube, sie hatte sich gewaschen. Die Ponyfransen klebten ihr an der Stirn. Die übrigen Haare hatte sie zu einem Pferdeschwanz hochgebunden. Erst jetzt fiel mir auf, wie hübsch ihr Gesicht war.

»Wie alt bist du eigentlich?«, fragte ich.

»Sechzehn, und du?«

»Was? Erst sechzehn? Ich hätte dich auf mindestens achtzehn geschätzt.«

»Die meisten Leute halten mich für älter als ich bin«, sagte Katja. »Hat ’ne Menge Vorteile. Das fängt schon bei der Disko an. In die tollen Schuppen kommst du immer erst ab achtzehn. Und wie alt bist du?«

»Fünfzehn«, sagte ich.

»Echt? Ich dachte, du wärst jünger.« Katja

musterte mich. Ich kam mir kümmerlich vor, irgendwie zurückgeblieben.

Sie lachte. »Mach dir nichts draus. Das Alter ist Nebensache. Ich mag dich. Wenn du wüsstest, wie viele Leute ich schon getroffen habe, die mit zwanzig noch Matsche im Kopf hatten! Mit dir habe ich mich auf Anhieb prima verstanden. Wir passen gut zusammen. Findest du nicht? Erzähl mal, wie es bei euch zu Hause ist.«

»Wie soll es da sein? Wie überall, nehme ich an. Bloß mein Vater hat sich abgesetzt und seitdem wirkt meine Mutter reichlich verkniffen.«

Katja nickte. »Das kenne ich.«

»Wie ist es denn bei euch?«, fragte ich.

»Kaputt, alles im Eimer.« Katja zupfte an der Grünpflanze.

»Komische Antwort! Ich meine doch nicht die Heizung. Wo wohnst du überhaupt?«

»Komisch?« Katja schrie mich an, als hätte ich sie beleidigt. Sie griff nach dem Plastikbecher und zerbrach ihn knackend in der Hand. Ihre Augen blitzten. Sie warf den zerquetschten Becher in die Luft und trat danach. Er flog in hohem Bogen auf den Billardtisch. »So sieht es bei uns zu Hause aus! Sehr komisch –was?«

»Du hast wohl nicht alle beisammen«, empörte sich Knolle. »Der Abfalleimer steht dahinten.«

Ich begriff weder, wie es bei ihr zu Hause aussah, noch warum sie plötzlich ausrastete. Aber die Zeit für die Klavierstunde war vorbei. Das begriff ich. Ich wollte hier weg. Auf was hatte ich mich da nur eingelassen! Ich muss verrückt gewesen sein, total benebelt. Mit einem Mal regte mich alles auf, das Gedröhne aus den Lautsprecherboxen, der Zigarettenqualm, Knolle, Katja und die anderen Typen. Ma durfte auf keinen Fall dahinter kommen, dass ich statt bei Fräulein Wunderlich im Treffpunkt gelandet war.

»Na, bis dann mal«, murmelte ich in unbestimmte Richtung und lief nach draußen. Ich stieg auf mein Fahrrad und stemmte mich gegen den Wind. Als ich zu Hause ankam, war ich völlig außer Atem. Auf dem Wohnzimmertisch lag ein Zettel: Bin beim Friseur.

2

Katja ging mir nicht aus dem Kopf. Ich dachte noch an sie, als ich im Bett lag, und am anderen Morgen in der Schule schon wieder. Auf Knolle hatte sie auch Eindruck gemacht. Sonst war ich Luft für ihn, aber heute kam er sogar an meinen Tisch.

»Du, sag mal, diese Katja, ist das eine Freundin von dir?«

»Warum willst du das wissen?«, wich ich aus.

Er pfiff durch die Zähne. »Dass so ein steiler Zahn sich mit einem Mauerblümchen einlässt!«

»Mit so einem Lackaffen wie dir jedenfalls nicht.« Am liebsten hätte ich ihm mit dem Atlas, der vor mir lag, eine geknallt. Aber ich traute mich nicht. »Du brauchst dir gar keine Hoffnung zu machen«, zischte ich ihn an.

Der Lackaffe prallte an ihm ab wie ein Softball. »Bring sie doch heute Nachmittag wieder mit ins Juze«, meinte er ganz versonnen. »Ich gebe eine Cola aus.«

»Ich kann mir selber was zu trinken leisten. Auf dich bin ich bestimmt nicht angewiesen!« Knolle, dieser Hohlkopf, war der Letzte, von dem ich etwas annehmen würde. Bloß weil Katja ihn um eine Zigarette angeschnorrt hatte, bildete der sich gleich ein, er könnte bei ihr landen.

»Hat dich was gebissen?«, fragte Steffi, die neben mir saß. »Du bist so zickig.«

»Quatsch! Der Knolle nervt mich. Der soll nicht so angeben.«

»Hat er doch gar nicht«, meinte Steffi.

Zum Glück fing der Unterricht an und das Gespräch war damit beendet. Steffi nervte mich nämlich auch.

Beim Mittagessen erfuhr ich von Ma, dass sie am Nachmittag einen Termin beim Rechtsanwalt hatte. »So einfach, wie dein Vater sich das vorstellt, kommt er nicht davon«, drohte sie ohne deutlicher zu werden. Sie spießte eine Kartoffel auf und ich war froh, dass sie nicht weiterredete.

Als sie gegangen war, fiel mir die Decke auf den Kopf. Meist bin ich ganz gern allein, aber an diesem Tag war ich in mieser Stimmung. Wenn Ma schon mit einem Rechtsanwalt auf Dad losging, verlief die angebliche Selbstfindung wohl doch nicht so positiv. Jedenfalls nicht für uns. Auch der doofe Knolle fiel mir wieder ein. Mauerblümchen hatte er mich genannt, dieser Spinner. Und Katja mit ihrem Gerede vom Schrumpfen. War ich etwa so was wie eine jüngere Ausgabe von Fräulein Wunderlich? Ich lag in meinem Zimmer auf dem Bett, starrte die Wand an und hätte am liebsten geheult. So ganz Unrecht hatte der blöde Knolle ja gar nicht. Viel war wirklich nicht mit mir los.

Dienstags ging ich in den Tischtennisclub. Donnerstags stand die Klavierstunde auf dem Programm. Die übrigen Nachmittage saß ich über den Schulaufgaben oder vor dem Fernseher. Manchmal fuhr ich auch zu Steffi oder sie kam zu mir. Aber Steffi war nicht Doris. Doris fehlte mir. Dad fehlte mir auch. Um mich herum war ein Loch und ich saß darin fest.

Die meisten in meinem Alter waren in irgendeiner Clique. Aber meine Eltern erlaubten nicht, dass ich in die Disko ging. Immer musste ich um halb zehn zu Hause sein. Ich durfte abends noch nicht mal ohne sie ins Kino. Bei Doris war es ähnlich. Wir hatten oft zusammengehockt und uns ausgedacht, was wir alles unternehmen und nachholen wollten, wenn wir mit der Schule fertig waren und eine eigene Bude hatten.

Meine Kehle wurde eng. Ich musste schlucken. Raus hier, dachte ich. Alles ist besser als sich selber zu bemitleiden. Ich holte mein Fahrrad aus dem Keller und kurvte ziellos durch die Straßen. Es war kalt. Ich dachte an den Treffpunkt. Ob da heute was los war? Nur mal reinschauen, beschloss ich, für fünf Minuten zum Aufwärmen. Wenn Knolle da war, konnte ich ja gleich wieder gehen.

Er war da – und Katja auch. Als ich sie sah, wurde mir bewusst, dass ich genau das gewollt hatte: Katja wieder sehen. Ich hatte es mir nur nicht eingestanden. Warum eigentlich nicht?

»Hallo, da bist du endlich. Ich habe auf dich gewartet«, empfing sie mich. »Gestern bist du so schnell abgedampft. Was war denn los?«

»Na, du weißt schon, die Klavierstunde war zu Ende.«

Katja legte mir den Arm um die Schultern. Knolle schielte zu uns rüber. »Hast du heute mehr Zeit?«, fragte sie.

Ich nickte. »Meine Mutter ist beim Anwalt. Sie hat übrigens nichts gemerkt.«

»Na bitte! Was habe ich gesagt? Du kannst dir ruhig mehr zutrauen, Susanne. – Aber was machen wir jetzt? Hier läuft heute gar nichts. Der reinste Kindergarten. Ich wäre längst gegangen, wenn ich nicht auf dich gewartet hätte. Du könntest mir vielleicht zeigen, wo du wohnst. Natürlich nur, wenn du magst.«

Ich mochte. Knolle sollte ruhig sehen, wie ich mit Katja wegging. Auf ihn hatte sie jedenfalls nicht gewartet.

Wir wohnen in einem Reihenhaus. Nichts Besonderes. Aber Katja war tief beeindruckt.

»Wow, hast du ein schönes Nest!« Sie lief von der Diele gleich ins Wohnzimmer und dann in die Küche. Sie machte den Kühlschrank auf und wieder zu und darauf ganz weit auf. »Mir läuft das Wasser im Mund zusammen. Ich habe schon Pfützen auf der Zunge.«

»Wenn du Hunger hast, bediene dich«, forderte ich sie auf. »Es ist genug da.«

Sie verzog das Gesicht zu einem breiten Grinsen. »Von Hunger wollen wir lieber nicht reden. Weißt du, ich kann ziemlich lange ohne Essen auskommen. Da bin ich knüppelhart. Nur wenn ich einen vollen Kühlschrank sehe, klinkt bei mir was aus. Das ist eben eine Schwachstelle von mir.«

»Schon gut, tu dir keinen Zwang an«, redete ich ihr zu. »Was willst du lieber, Wurst oder Käse?«

Sie aß ganz langsam, zuerst zwei Schnitten mit Wurst, dann eine mit Käse. Danach verdrückte sie noch einen Becher Joghurt. Katja sagte kein Wort dabei. Sie aß mit Hingabe. Verstohlen beobachtete ich sie und mir fiel wieder das Wort »intensiv« ein.

Zum Schluss leckte sie den Joghurtbecher aus, so weit sie mit der Zunge hineinkam. Dann stand sie auf, nahm das Geschirr, das sie benutzt hatte, und trug es zum Spülbecken. Sie drehte das warme Wasser auf und wusch alles ab. Das wäre mir nie eingefallen.

»Jetzt muss ich auf den Pott und dann geht es mir saugut.« Sie rülpste demonstrativ und lachte.

Ich zeigte ihr unser Bad in der ersten Etage und mein Zimmer, das gleich daneben lag. Sie brauchte ziemlich lange. Als sie herauskam, hatte sie sich gekämmt wie gestern im Jugendzentrum. In der Hand hielt sie ein nasses Stoffknäuel.

»Ich habe meine Unterhose gewaschen«, erklärte sie unbekümmert. »Wenn ich sie bei dir auf die Heizung lege, ist sie in ein paar Minuten wieder trocken. – Du hast doch nichts dagegen?«

Ich hatte noch nie Besuch von jemandem gehabt, der seine Unterhose auszog und bei uns wusch. Hatte Katja eine Macke? Oder ... Irgendwas stimmte mit ihr nicht.

Sie guckte mich an und lachte. »Keine Angst, ich habe nicht in die Hose gepinkelt. Bei uns ist die Waschmaschine kaputt.«

Sie log, das war mir klar. Heizung kaputt, Waschmaschine kaputt, der zerbrochene Becher fiel mir wieder ein und wie sie verloren auf den Weidenbach geschaut hatte.

In diesem Moment kam mir ein Geistesblitz. »Du bist irgendwo abgehauen«, sagte ich.

Katja zuckte zusammen und wurde blass. Ich hatte Recht, das sah ich ihr an.

»Keine Angst, ich verpfeife dich nicht«, beruhigte ich sie. »Nun begreife ich auch, warum du unter der Autobahnbrücke gehockt hast. Warst du dort etwa auch in der Nacht?«

Sie schüttelte den Kopf. »Nee, das ist Horror um diese Jahreszeit.«

»Wo warst du dann?«

Katja zögerte. »Rate mal. Fällt dir nichts ein?«

»Du bist gut, wie soll ich das erraten? – Vielleicht in einer Jugendherberge?«

Sie stieß ein hartes Lachen aus. »Jugendherberge kannst du abschreiben. Dort halten sie mich höchstens fest, als ob ich kriminell wäre.«

»Und dann?«, wollte ich wissen.

Katja drehte das Gesicht zur Seite. »Erst die Bullen, dann Heim«, murmelte sie.

»Ist es schlimm in einem Heim?«, fragte ich vorsichtig. Sie schien nicht gern darüber zu sprechen.

»Für viele Kinder ist es besser als bei den Eltern. Vor allem für die Kleinen. Jeder hat sein eigenes Bett. Schule, Essen, saubere Klamotten, das ist okay. Nur, du fühlst dich ständig eingesperrt und davon kriegen manche einen Koller. Ich zum Beispiel«, sagte Katja. »Wenn man mich im Heim festhält, dreh ich durch. Da bin ich lieber auf Trebe, trotz all dem Stress, den du dabei hast.«

»Auf was bist du?«

»Auf Trebe. Logo, so ein Wort kennt ein braves Mädchen wie du nicht. Das bedeutet ohne Bleibe, immer unterwegs, immer auf der Flucht vor dem Jugendamt, immer auf der Suche nach was zu fressen und nach einem Loch, in dem man pennen kann.«

»Und in welchem Loch hast du die letzte Nacht gesteckt?« Ich war nicht sicher, ob sie übertrieb und eine Schau abzog vor dem »braven Mädchen«. Der Ausdruck ärgerte mich.

Katja hatte den Schreck schnell überwunden. Sie grinste schon wieder. »Im Juze«, behauptete sie. »Der Fußboden war zwar hart, aber dafür war es mollig warm dort.«

Ich tippte mir gegen die Stirn. »Der Treffpunkt wird bestimmt abends abgeschlossen. Willst du mir etwa einreden, du hättest dich unter der Theke oder im Schrank versteckt und keiner hat etwas gemerkt?«

Sie grinste noch breiter. »Ach, Susi, es gibt so viele kleine Tricks. Kurz bevor das Juze abgeschlossen wurde, war ich noch einmal auf dem Pott. Ich habe Papier zwischen Fenster und Rahmen geklemmt, aber so, dass es nicht auffiel. Das Fenster habe ich fest angedrückt. Später, als niemand mehr dort war, habe ich mich hinter das Haus geschlichen. Mülltonnen gibt es überall. Die eignen sich prima zum Klettern. Also, Mülltonne unter das Fenster, aufgedrückt und rein. So einfach ist das.«

»Du hast Einfälle!« Ich war voller Bewunderung. »Hat denn keiner was gemerkt, auch nicht heute früh?«

»Nee! Ich bin auf demselben Weg getürmt, ehe es hell wurde. Erst die Mülltonne ordentlich an ihren Platz zurück, und dann nichts wie weg.« Katja zog eine Grimasse. »Ausschlafen ist nicht auf Trebe.«

Sie ging zu meinem Bett und legte sich mit Schuhen auf die Decke. Zum Glück war meine

Mutter nicht zu Hause. Die dürfte das auf keinen Fall sehen.

Katja verschränkte die Arme unter dem Kopf und rekelte sich. »Schön hast du es«, sagte sie mit einem wohligen Seufzer. »So richtig grunzschmatz-rülps-gemütlich.«

»Na ja, es geht«, wehrte ich ab. Mein Zimmer ist wirklich nur Durchschnitt. Steffi hat ein viel größeres.

Aber Katja seufzte noch einmal. »Es ist wie in meinem Traum.«

»Was für ein Traum?«, fragte ich. »Erzähl mal.«

»Mein Spezialtraum«, sagte Katja. »Weißt du, ich besitze nicht viel. Der Krempel, der sich bei mir ansammelt, geht ständig wieder verloren. Aber dieser Traum kommt mir nach, wo ich auch bin. Der geht nicht verloren. Also, ich laufe eine Straße entlang. Sturm bläst mich fast um. Ich komme kaum dagegen an. Es ist fürchterlich anstrengend. In einiger Entfernung sehe ich ein Licht. Das Licht scheint aus einem Zimmer. Ich will in das Zimmer, denn dort sitzt Buddi in einem roten Omasessel. Er wartet auf mich. Aber immer wache ich auf, bevor ich bei dem Licht bin.« Katja drehte sich auf den Bauch. »Soll ich dir mal sagen, was seltsam ist? Das Zimmer in meinem Traum hat irgendwie Ähnlichkeit mit deinem.«

»Das gibt es nicht«, wunderte ich mich. »Du warst doch noch nie hier. Und wer ist Buddi? Bei uns heißt niemand so.«

»Mein Bruder. Sein richtiger Name ist Burkhardt. Das klingt ziemlich bescheuert, finde ich. Deshalb nenne ich ihn Buddi.«

Ich fand, Buddi klang auch bescheuert, aber das behielt ich für mich. »Wo ist denn dein Bruder? Ich meine nicht im Traum, sondern in Wirklichkeit«, fragte ich.

Katja rollte sich von meinem Bett herunter. Ihre Augen begannen zu flackern. Sie drehte ihre Unterhose auf der Heizung um, zog und zupfte daran. »Buddi?«, murmelte sie dabei. »Ach, weißt du, der ist in einem anderen Land. Deshalb können wir uns nicht oft sehen. Aber er kommt manchmal zu mir. Er ist ein ganz toller Bruder, der lässt mich nie im Stich.«

Sie warf sich wieder auf mein Bett und lachte. Es klang hart und verkrampft. »Du hältst mich für verrückt«, sagte sie. »Gib es zu.«

»Nein, Katja, bestimmt nicht. Wie kommst du denn darauf? Vielleicht habe ich dich ein bisschen blöd angestarrt, weil ich noch nie jemanden getroffen habe, der so lebt, der nirgends zu Hause ist. Ich kann mir das nicht vorstellen. Nicht bei dir, du siehst ganz ordentlich aus. Ich habe schon Penner gesehen, alte Männer, meistens dreckig und betrunken. Bei dir wäre ich nie auf den Gedanken gekommen, dass . . .«

Sie sprang auf und schrie mich an: »Ich bin kein Penner! Willst du mich beleidigen? Puste dich bloß nicht auf! Nur weil ich nicht in so einem Schickimicki-Kasten wohne wie du, bin ich noch lange kein Straßenköter.«

Sie riss ihre Unterhose von der Heizung und wedelte damit vor meiner Nase. »Ich bin sauber, drinnen und draußen. Das habe ich meinem Bruder versprochen. Buddi macht die dicke Kohle, wegen 'ner Eigentumswohnung. Nicht nur eine Klitsche unterm Dach, nee, eine richtige Wohnung mit dem roten Omasessel. Es dauert nicht mehr lange, dann lebe ich genauso wie du.« Sie rannte zur Tür und über den Flur ins Badezimmer.

»Ich wollte dich nicht beleidigen«, rief ich ihr nach. »Du hast mich nicht ausreden lassen. Natürlich bist du kein Penner. Ich habe nur nicht gewusst, dass es bei uns Jugendliche gibt, die auf der Straße leben wie in Südamerika. Meine Mutter schickt regelmäßig über die Kirche Geld an ein Heim in Bolivien. Dafür haben Nonnen dort ein Straßenkind aufgenommen, das nirgendwo hingehört. Aber hier bei uns ...?«

Katja machte die Badezimmertür weit auf. Dann drehte sie sich zum Spiegel und zog ihren Pullover zurecht. Ihre Schuhe lagen unter dem Waschbecken. Sie hatte ihre Unterhose wieder angezogen, die bestimmt noch nicht trocken war. Der Reißverschluss ihrer Jeans klemmte. Sie zog und riss daran.

»Wie sozial von deiner Mutter«, säuselte sie ironisch.

»Katja, sei doch nicht mehr sauer. Das war nicht so gemeint. – Was hast du denn dagegen, dass meine Mutter ein armes Kind in Südamerika unterstützt?«

Sie zuckte verächtlich die Schultern. »Bis vor ein paar Tagen war ich bei einer Art Wohngemeinschaft untergekrochen«, erzählte sie ohne mich anzusehen. »Die Bude gehört Maria. Die hat mal eins auf die Schnauze gekriegt. Seitdem ist ihr Gesicht schief. Maria lebt von der Sozialhilfe. Wenn du nämlich mit einem schiefen Gesicht nach Arbeit fragst, sind die Jobs immer schon weg. Maria nimmt jeden auf, der nicht weiß, wo er bleiben soll. Egal, wie voll die Bude ist. Direkt über Maria wohnt ein Ehepaar mit 'ner piekfeinen Meinung. Denen passt das nicht. Immer haben sie was zu meckern. Die Frau hat mich mal angegiftet wegen einer Zigarettenkippe, die im Treppenhaus lag. »Ordnung ist das halbe Leben«, solche Sprüche hatte sie drauf. Und der Mann hat gebrüllt: »Unsereins muss Steuern zahlen für eine wie die da.« Und dann fielen ihm noch die Millionen für die Sozialhilfe ein und irgendwas von minderjährig und minderwertig. Ich habe die Tür zugeknallt. Bei so was höre ich nicht hin. Zwanzig Minuten später lehnte sich Maria zufällig aus dem Fenster, gerade als ein grünes Auto vor dem Haus hielt. Ich konnte nur noch meinen Anorak im Flur grabschen, erst mal die Treppe hoch, bis die Bullen in der Wohnung waren, dann runter, raus aus dem Haus und nichts wie weg. Natürlich steckten diese Meckermanns dahinter. Piekfeine Meinung, aber total unsozial. – Maria zahlt nichts für Ordnung und arme Kinder. Die hat selber nichts, aber sie hat etwas begriffen. Verstehst du den Unterschied?«

Ich nickte. »Hm, ich denke schon«, begann ich unsicher. »Katja, ich habe heute meinen schlechten Tag. Ich kann nichts dafür. Bitte, glaub mir, ich wollte eigentlich was ganz anderes sagen.«

Sie kam aus dem Bad und wir setzten uns nach einigem Zögern nebeneinander auf mein Bett. Ich war verkrampft und traute mich nicht Katja anzugucken oder den Arm um sie zu legen. »Wenn ich irgendwas für dich tun kann, dann sag es ruhig«, murmelte ich. »Willst du morgen wiederkommen, zum Aufwärmen und so?«

Sie warf mir einen unergründlichen Blick zu. Vielleicht hatte ich schon wieder etwas Falsches gesagt. Aber zu meiner Erleichterung fragte sie ruhig: »Wer wohnt hier eigentlich noch außer deiner Mutter und dir?«

»Niemand. Ich habe keine Geschwister. Und mein Vater – na ja, das habe ich dir gestern schon erzählt.«

Katja zog die Beine hoch und stützte die Füße auf der Bettkante ab. Die Hände schlang sie um die Knie und legte den Kopf darauf. Es war dieselbe Haltung wie gestern unter der Brücke. Und das eigenartig Lauernde ging auch wieder von ihr aus. »Winterschlaf«, murmelte sie. »Ein Nest zum Einkuscheln.«

»Winterschlaf? Du meinst doch nicht etwa …?« Ich konnte nicht weiterreden. Nein, das war undenkbar. Meine Mutter war nicht wie diese Maria. Bei uns musste alles seine Ordnung haben. Ma konnte kein Kind leiden sehen, deshalb spendete sie Geld. Aber Katja bei uns verstecken, das brachte meine Mutter nicht fertig.

»Nicht untertauchen«, unterbrach Katja meine Gedanken. »Klare Verhältnisse. Über das Jugendamt könnte man das ganz schnell regeln. Deine Mutter bekäme sogar Unterhalt für mich. Und wir wären jeden Tag zusammen, du und ich.«

»Warum kannst du nicht wieder zu Maria gehen, wenn das so einfach zu regeln ist?«, fragte ich. »So wie du sie beschrieben hast, nimmt sie dich bestimmt auf.«

»Jaaa«, sagte Katja gedehnt. »Da ist nur ein kleiner Unterschied. Maria ist eine so genannte Asoziale und ihr seid ehrbare Bürger. Das Jugendamt lässt sich nur mit feinen Leuten ein.«

»Ach, so ist das.« Ich spürte ihre Wut und konnte sie verstehen. Früher hatte ich mir oft eine jüngere Schwester gewünscht. Katja bei uns wie eine ältere Schwester? Das wäre noch besser. Aber darüber wollte ich lieber gar nicht erst nachdenken. Ma konnte Katja schließlich nicht einfach so mal eben adoptieren, nur weil sie auf Trebe war und im Heim einen Koller kriegte. Wie stellte sich Katja das denn vor?

Als ob sie Gedanken lesen könnte, fuhr sie fort: »Keine Adoption, nur eine Wohnstelle für kurze Zeit. Buddi lässt mich nicht hängen. Der hat bald die Wohnung für mich. Bis dahin könnte ich bei euch putzen. Das habe ich im Heim gründlich gelernt. Und deine Mutter bekäme für mich Geld vom Sozialamt.«

»Du kennst meine Mutter nicht«, begann ich unsicher. »Vielleicht würdet ihr euch gar nicht verstehen. Sie hat auch den Kopf im Augenblick so voll, wegen der Trennung von meinem Vater.«

»Du hast schon wieder Angst, Susi«, sagte Katja.

»Ach, hör auf damit. Und nenn mich nicht Susi. Das kann ich nicht leiden. So heißen Meerschweinchen und Pinscher. Außerdem habe ich keine Angst.«

»Doch. Du brauchst dich deswegen nicht zu schämen.« Katja stand von meinem Bett auf und ging zum Fenster. Undeutlich murmelte sie: »Ich kenne das. Angst ist wie eine Krankheit. Man kann sogar vor Angst sterben. Ich habe mal einen Typ getroffen, der hat gesagt, man muss die Angst loslassen, abschütteln wie ein nasser Hund die Tropfen aus seinem Fell. Der Typ war ganz locker. Der übte das Loslassen jeden Tag. Ich übe auch. Aber es klappt noch nicht immer. – Glaub nicht, dass man auf Trebe nur Bekloppte trifft.«

Im Augenblick war es mir völlig gleichgültig, wen man auf Trebe traf. Katja hatte mir einen Floh ins Ohr gesetzt und einen in den Kopf und einen in den Bauch. Ich war ganz durcheinander.

Aber wozu all die Aufregung? Am besten vergaß ich es schnell wieder. Eine Freundin, fast eine Halbschwester? Mit Katja ging die Fantasie durch, genau wie so oft mit mir. Nein, ich würde weiterhin mit Ma allein bleiben, dienstags Tischtennis spielen und donnerstags Fräulein Wunderlich etwas vorklimpern. Alles blieb so öde, wie es war. Und Katja? Die war bestimmt morgen schon über alle Berge.

»Ich geh jetzt mal«, riss sie mich aus meiner Grübelei. »Ich habe heute noch einiges zu erledigen. War übrigens nur so eine Schnapsidee von mir. Du musst nicht darüber nachdenken, wenn du nicht willst.« Sie war schon halb aus dem Zimmer. »Also, mach's gut.«

»Ja, du auch.« Ich stand auf, ging ihr nach um sie zur Haustür zu bringen. Aber sie kannte sich bereits aus bei uns. Bevor ich sie eingeholt hatte, klappte die Tür ins Schloss.

Erst jetzt fiel mir ein, dass wir uns gar nicht mehr verabredet hatten.

3

Als Ma nach Hause kam, waren die Falten um ihren Mund noch tiefer als sonst. Sie hatte Magenschmerzen und konnte kein Abendbrot essen. Ich erzählte ihr nichts von Katja und sie erzählte mir nicht, was der Anwalt gesagt hatte. Ma legte sich früh ins Bett. Ich auch.

Erst konnte ich nicht einschlafen und dann hatte ich einen verrückten Traum. Auf meinem Kleiderschrank saß ein komischer Vogel. Er sah reichlich struppig aus und blinzelte mir dauernd zu. Ich drehte mich von ihm weg. Da pickte er mit dem Schnabel gegen den Schrank. Irgendwie verschwand der Vogel dann aber aus meinem Traum. Dafür hörte ich Hagelkörner gegen die Scheibe prasseln. Plötzlich riss es mich im Bett hoch. Ich war hellwach. Auf meinem Kleiderschrank saß kein Vogel und draußen hagelte es nicht. Aber jemand warf Steinchen gegen mein Fenster.

Ich stand auf und schob die Vorhänge zur Seite. Unten im Vorgarten stand Katja. Hastig öffnete ich das Fenster einen Spalt. Ein eisiger Wind schlug mir entgegen. »Was ist? Du kannst jetzt unmöglich zu mir kommen«, flüsterte ich. Dabei klapperten meine Zähne aufeinander.

»Sanne, bitte, hilf mir. Ich erfriere. Im Jugendzentrum ist das Fenster verrammelt. Jemand hat den Trick mit dem eingeklemmten Papier bemerkt.«

Die Kälte schüttelte mich. Vor Schreck drückte ich das Fenster erst mal wieder zu und flüchtete in mein warmes Bett. Mein Herz klopfte wie beim Zahnarzt. Wie sollte ich denn Katja jetzt helfen, mitten in der Nacht? Morgen wollte ich gleich mit meiner Mutter reden. Vielleicht vermietete sie Katja ein Zimmer. Das Geld war knapper geworden, seit mein Vater ausgezogen war. Aber um bei Ma etwas zu erreichen musste man einen günstigen Augenblick abwarten. Und der war bestimmt nicht mitten in der Nacht.

Katja warf wieder Steinchen gegen die Scheibe. Am liebsten hätte ich mir die Ohren zugehalten. Es musste entsetzlich sein, da draußen in der Kälte. Sie konnte sich eine Lungenentzündung holen oder eine schwere Grippe. Und was geschah dann mit ihr?

Rasch zog ich mir einen Pullover über den Schlafanzug und beugte mich noch einmal aus dem Fenster. »Warte einen Augenblick«, flüsterte ich. »Ich hole das Geld aus meinem Sparschwein. Davon kannst du dir heute Nacht ein Hotelzimmer mieten.«

Katja kauerte neben der Blautanne, die Daddy vor zwei Jahren eingepflanzt hatte. »Ist nicht drin«, schluchzte sie. »Ohne Koffer und so erbärmlich, wie ich drauf bin, da wissen die Leute im Hotel sofort, dass ich auf Trebe bin. Ich will nicht auf die Wache und wieder ins Heim. Tu mir das nicht an.«

»Kannst du nicht zu dieser Maria gehen?«, fragte ich.

»Wie denn?« Katja weinte noch heftiger. »Die wohnt mehr als hundert Kilometer von hier entfernt. Um diese Uhrzeit fahren keine Züge mehr. Bitte, lass mich auf dem Teppich in deinem Zimmer schlafen. Ich schleiche auf Strümpfen. Deine Mutter hört nichts.«

Ich schob das Fenster wieder zu, blieb aber dahinter stehen. Wie sollte ich einen klaren Gedanken fassen, wenn ich nur meine Zähne klappern hörte und Katjas Weinen? Sie konnte unmöglich die Nacht im Freien bleiben. Aber Ma hatte einen leichten Schlaf. Wenn sie merkte, wie ich Katja hereinholte, dann – ja, dann gab es eben Zoff. So würde Katja das wohl nennen. Ich dachte an die geschwänzte Klavierstunde und mein Mut wuchs etwas. Diese verflixte Angst immer. Wenn ich die bloß loswürde. Wie hatte dieser Trebetyp das genannt? Die Angst loslassen oder so ähnlich. Ob man das wirklich lernen konnte?

Ich schob das Fenster zum dritten Mal auf. »Katja, bist du noch da?«

»Logo, wohin soll ich denn gehen?«

»Schleich dich mal in den Garten hinter unser Haus. Dafür musst du um den Block laufen. Ich lasse dich durch das Küchenfenster herein. Unsere Haustür fällt nämlich so laut ins Schloss. Die kann man nicht leise schließen.«

»Okay«, wisperte sie zurück und lief schon los.

Ich stand erst einmal still und horchte. In einiger Entfernung knatterte ein Motorrad die Straße entlang. Dieses Geräusch nutzte ich um die Klinke von meiner Zimmertür herunterzudrücken. Dann horchte ich wieder.

Wenn Ma wach war und mich gehört hatte, würde sie jetzt rufen. In diesem Fall konnte ich antworten, ich hätte Durst und wollte mir ein Glas Saft aus der Küche holen.

Es war schon beinahe ein Kriegsplan, den ich mir zurechtlegte. Und so ähnlich wie auf dem Kriegspfad fühlte ich mich auch. Ich schlich die Treppe hinunter ohne Licht anzuknipsen. In der Küche öffnete ich die Tür vom Kühlschrank.

Der schwache Schein der Kühlschrankbirne reichte aus um den Blumentopf von der Fensterbank zu heben, einen Stuhl heranzuschieben und das Fenster aufzuriegeln. Alles so leise wie nur möglich.

Katja fand unseren Garten, obwohl das bei Reihenhäusern gar nicht einfach ist. Sie kam gerade durch die Pforte herein, als ich mich aus dem Fenster lehnte. Mit beiden Armen langte sie nach oben und versuchte sich mit den Füßen an der Hauswand abzustützen. Ich stand auf dem Stuhl und hielt sie am Anorak fest. Es klappte nicht. Katja ließ wieder los. Dann nahm sie Anlauf und sprang hoch. Ich zog und zerrte. Sie kriegte die Fensterbank zu fassen, rutschte auf dem Bauch nach, stemmte sich schließlich auf die Arme und kletterte herein.

Wir sprachen kein Wort. Lautlos räumte ich Blume und Stuhl zurück. Dann ließ ich die Kühlschranktür zuschnappen. Katja nahm ihre Schuhe in die Hand. Wir schlichen die Treppe hinauf, vorbei an Mas Schlafzimmertür, vorbei am Bad und dann zu mir herein. Ich hatte die Tür noch nicht ganz geschlossen, da klingelte das Telefon. Katja zuckte zusammen. Ich hielt sie am Arm fest. Wir lauschten angespannt, unfähig etwas zu unternehmen.

In unserm Haus gibt es zwei Telefonapparate. Einer steht unten im Wohnzimmer, der andere neben dem Bett meiner Mutter. Sie hatte den Hörer abgehoben. Ich konnte sie murmeln hören, aber leider kein Wort verstehen.

Der Wecker auf meinem Nachttisch zeigte elf Uhr siebzehn an. Ob Daddy so spät noch anrief? Vielleicht hatte jemand in der Verwandtschaft einen Unfall gehabt oder irgendein Spinner hatte sich verwählt. Noch ehe meine Fantasie weitere Möglichkeiten ausspucken konnte, legte meine Mutter wieder auf.

Danach war alles still. Wir wagten noch immer nicht uns zu bewegen. Aber nichts geschah. Kein An- und Ausknipsen eines Lichtschalters, keine Schritte, kein Öffnen einer Tür, kein Knacken im Flur oder auf der Treppe.

»Sie schläft weiter«, hauchte ich Katja zu. »Sie hat nichts gemerkt.«

Katja ließ die angestaute Luft in einem langen Seufzer frei. Dann setzte sie sich auf den Teppichboden und zog den Reißverschluss ihrer Jacke auf.

Ich gab ihr das kleine bunte Kissen und die Häkeldecke von meiner Oma. Beides lag tagsüber zur Verschönerung auf meinem Bett. Und dann wollte ich nur noch schlafen.

Aber ich war viel zu aufgedreht um still liegen zu können. Dauernd juckte es auf meinem Rücken. Mein Schlafanzug spannte unter den Achseln. Katja rührte sich nicht. Ich hörte ihren gleichmäßigen Atem. Die hat Nerven wie Drahtseile, dachte ich.

Vor unserem Haus hielt ein Wagen und zweimal klappte eine Autotür. Ich hörte jemanden laufen. Und dann klingelte es bei uns.

Ich blinzelte zu meinem Elektrowecker. Elf

Uhr vierunddreißig. Es klingelte energisch, gleich dreimal. Mas Schlafzimmertür knallte gegen die Wand. Sie rannte die Treppe runter. Katja warf die Decke weg. Irgendwas fiel um. Sie riss das Fenster auf.

»Du kannst nicht springen«, schrie ich. »Das ist zu hoch!« Ich packte sie und hielt sie fest.

»Meine Schuhe, wo sind meine Schuhe! – Lass mich los.« Sie stieß mich zur Seite. »Mach doch endlich Licht an, damit ich meine Schuhe finde.«

Ich rannte zum Lichtschalter neben der Tür, haute darauf und lief gleich wieder zurück. »Du brichst dir die Beine, Katja. Nein!«

»Wirf meine Sachen raus«, rief sie mir zu. »Los, schnell!« Und dann sprang sie.

Ich hörte, wie sie auf dem Rasen aufkam und schrie. Entsetzt sah ich nach unten. Da war ein Mann, ein Polizist. Er hatte Katja gepackt. Sie wehrte sich heftig und schrie dabei ununterbrochen. Der Polizist brüllte auch irgendwas. Er verlor das Gleichgewicht. Beide lagen am Boden. Ein zweiter Polizist lief herbei. Er hielt Katjas Arme fest. Sie versuchte ihn zu beißen und zu treten. Aber es war sinnlos. Unglaublich schnell hatten die beiden Katja fest im Griff. Sie lag auf der Erde, das Gesicht im Gras, die Hände auf dem Rücken. Ich hielt noch immer ihre Schuhe fest und wusste nicht, was ich damit machen sollte.

Meine Mutter stürzte ins Zimmer. »Susanne, um Himmels willen, mein armes Kind!« Sie nahm mich in die Arme. »Ist dir was passiert?

Ein Einbrecher! Komm schnell weg vom Fenster. Du holst dir den Tod.« Sie drängte mich zum Bett.

»Das war kein Einbrecher«, murmelte ich.

»Doch, Liebes, du hast das gar nicht gemerkt, weil du fest geschlafen hast«, redete Ma weiter. »Aber keine Angst, die Polizei hat ihn erwischt. Er ist durch das Küchenfenster eingestiegen. Herr Buchner hat ihn dabei beobachtet. Stell dir das bloß vor, der alte Mann mit seiner Kurzsichtigkeit! Er konnte die Person nicht genau erkennen. Er dachte sogar, es wären zwei. Trotzdem war er so geistesgegenwärtig, dass er die Polizei und mich angerufen hat. Ich habe mich nicht getraut aufzustehen, bevor die Polizei hier war. Ich dachte, der Einbrecher ist unten im Wohnzimmer. Ich konnte ihn überhaupt nicht hören.«

Ma warf das Fenster zu. »Geh ins Bett, Susanne. Ich muss nach unten zu den Polizisten.« Sie redete sehr schnell, ganz überdreht vor Aufregung. Dabei hob sie das Kissen und die Häkeldecke auf ohne sich zu wundern, warum die auf dem Boden lagen. »Nun stell endlich die Schuhe weg«, sagte sie ungeduldig. Ma merkte gar nicht, dass es fremde waren.

Sie war völlig durcheinander.

Von unten rief eine tiefe Männerstimme nach ihr. Meine Mutter lief aus dem Zimmer. Am liebsten hätte ich mich jetzt unter der Bettdecke verkrochen. In meinem Biobuch hatte ich neulich gelesen, dass manche Tiere einen Totstellreflex haben. So etwas Ähnliches setzte bei mir in diesem Augenblick auch ein. Aber Katja brauchte ihre Schuhe und ihren Anorak. Und beides lag noch in meinem Zimmer.

Ich überwand meinen Totstellreflex, nahm meinen Morgenmantel und zog ihn an. Dann hob ich Katjas Sachen auf und ging nach unten.

Sie stand mitten im Wohnzimmer. Ihr Kopf und ihre Schultern hingen herab. Es sah aus, als ob sie gleich vornüberkippen würde. Einer der Polizisten stand vor, der andere hinter ihr. Meine Mutter saß hoch aufgerichtet auf der Sofakante.

»Susanne! Was hat dieses Mädchen in deinem Zimmer gemacht? Wer ist sie?«

Die Tonlage kannte ich von Auseinandersetzungen mit Daddy und manchmal auch mit mir.

»Das ist Katja«, sagte ich einigermaßen fest. Ich ging um den vorderen Polizisten herum und stellte ihr die Schuhe vor die Füße.

»So, du kennst sie also?«, fragte der Mann, den ich gerade umrundet hatte. Es war der mit der tiefen Stimme. Er hatte hier wohl das Sagen. »Katja, und wie weiter?«

»Das weiß ich nicht.«

»Weißt du denn, wo sie wohnt?«

Ich schwieg.

»Susanne, antworte, wenn du gefragt wirst.« Ma wurde noch schriller.

Ich hatte zwei Polizisten und Ma gegen mich. Da war nichts zu retten. Widerwillig rückte ich mit dem heraus, was ich wusste. »Katja sucht eine Bleibe. Sie hat kein Zuhause. Sie wollte bei uns schlafen, damit sie nicht erfriert.«

»Eine Trebegängerin!«, rief der Polizist richtig fröhlich. »Das habe ich gleich gesehen.« Er gab seinem Kollegen einen Wink und der grinste breit. Dann wandte er sich wieder an Ma. »Ich komme morgen noch einmal vorbei und nehme ein Protokoll auf. Der Fall ist so weit klar.«

Die beiden Polizisten nahmen Katja zwischen sich. Sie schlüpfte ohne hinzusehen in ihre Schuhe. Ich half ihr in den Anorak und versuchte ihr noch etwas zu sagen, zur Entschuldigung, weil ich sie doch verraten hatte, aber es kam nur ein unzusammenhängendes Gestammel dabei heraus. Katja war wohl auch nicht mehr ansprechbar. Ihr Gesicht wirkte so leer, wie ich das schon einmal bei ihr gesehen hatte, gestern am Weidenbach.

Für meine Mutter war der Fall noch lange nicht klar. Als die Polizisten mit Katja gegangen waren, prasselten ihre Fragen auf mich herab. »Was geht hier eigentlich vor? Seit wann hast du Geheimnisse vor mir? Woher kennst du dieses Mädchen? Wieso hat sie kein Zuhause? So etwas gibt es doch gar nicht. Komm, Susanne, erzähl mir die Wahrheit.«

»Sie ist aus einem Heim ausgerissen, weil sie dort einen Koller gekriegt hat«, fing ich an. Und dann erzählte ich völlig durcheinander, wie es mir gerade einfiel, wo ich Katja getroffen hatte, dass sie schon am Nachmittag bei uns gewesen war und dass sie bei uns wohnen möchte.

»Hier bei uns wohnen?« Ma schüttelte den Kopf.

»Warum eigentlich nicht?«, fragte ich. »Wir haben Platz, und wenn das Jugendamt damit einverstanden ist, bekommst du sogar Geld für ihren Unterhalt.«

»Was redest du für einen Unsinn, Susanne«, entrüstete sich Ma. »Solche Mädchen sind gewohnt zu lügen und zu stehlen.«

»Wie kannst du das behaupten!«, rief ich empört. »Du kennst Katja doch gar nicht. Das sind Vorurteile. Immer redest du davon, dass man anderen helfen und alles positiv sehen soll. Nun tu's auch!«

»Schrei nicht so«, sagte Ma.

»Katja ist so elend dran, wie wir uns das wahrscheinlich gar nicht vorstellen können. Trotzdem nutzt sie niemanden aus. Ich wollte ihr das Geld aus meinem Sparschwein schenken. Sie hat es nicht genommen.«

»Schrei nicht so«, sagte Ma noch einmal.

Ich konnte mich aber nicht mehr bremsen. Unmöglich! All die Spannung, die sich seit Wochen in mir angesammelt hatte, entlud sich ausgerechnet jetzt.

»Ich mag Katja und sie mag mich auch. Warum können wir ihr nicht helfen, warum versuchen wir es nicht wenigstens? Das Haus ist viel zu groß für uns zwei. Es kommt mir schrecklich leer vor, seit Dad nicht mehr bei uns lebt. Du bist nervös und hast Magenschmerzen. Doris ist weg. Ich habe niemanden mehr, mit dem ich mal was unternehmen kann. Die andern aus meiner Klasse gehen abends ins Kino oder in die Disko.

Aber das darf ich ja nicht. Ich komme mir vor wie in einem Käfig oder fast schon wie in einem Eisschrank. Und das liegt nicht an der Kälte draußen. In meiner Brust zieht sich manchmal etwas zusammen. Ich kann das nicht genau erklären. Aber dann möchte ich nur noch heulen. Kennst du das?«

»Ja, das kenne ich auch«, sagte Ma leise. Dann richtete sie sich auf und saß wieder stocksteif auf der Sofakante. »Deshalb ist es so wichtig, dass man sich eine positive Einstellung zum Leben bewahrt.«

»Ist es etwa nicht positiv, wenn wir Katja aufnehmen? Du unterstützt irgendein Kind, das du vermutlich nie sehen wirst. Du lässt regelmäßig Geld von deinem Konto abbuchen. Dauerauftrag in Sachen Nächstenliebe. Aber hier zu Hause: nein, danke.«

»Werde nicht frech«, sagte Ma, aber ihre Stimme klang eher unsicher als gereizt.

»Katja ist in Ordnung. Ich möchte ihr helfen. Kannst du das denn nicht verstehen?«

Sie zögerte mit der Antwort. »Schon, ja, ich kann das verstehen«, meinte sie schließlich. »Aber Hilfe für andere muss in einer vernünftigen Weise geschehen, sonst ist das Unglück am Ende größer als vorher. Ich kann doch nicht einfach ein fremdes Mädchen hier aufnehmen. Denk doch mal an die Verantwortung.«

»Daddys Arbeitszimmer steht leer und da ist ein Mädchen, das sich unter einer Autobahnbrücke verkriecht, weil sie nirgendwohin gehört.

Findest du es nicht vernünftig, wenn wir ihr das Zimmer vermieten? Meinetwegen erst mal zur Probe.«

Ma stand auf. »Susanne, ich habe keine Lust, mit dir bis morgen früh über diese Katja zu reden. Wir wissen beide so gut wie nichts von ihr. Morgen kommt der Beamte wieder. Dann werden wir wohl mehr über sie erfahren. Vielleicht ist sie bereits eine Verbrecherin und schon in allerhand Straftaten verstrickt, vielleicht ist sie aber wirklich nur ein Mädchen in Not. Lass uns jetzt schlafen. Du bist völlig überdreht.«

»Ma, bitte, eine letzte Frage: Wenn Katja ein ordentliches Mädchen ist, wenn sie sich nichts hat zu Schulden kommen lassen, außer, dass sie ausgerissen ist, Ma, versprichst du mir, dass wir ihr dann helfen?«

»Ich werde darüber nachdenken. Und nun geh endlich ins Bett. Morgen sieht alles schon wieder ganz anders aus.«

4

Nichts sah anders aus am nächsten Morgen. Jedenfalls nicht für mich. Diesmal wollte ich mich unbedingt durchsetzen. So viel Entschlossenheit kannte ich sonst gar nicht an mir. Es kam mir vor, als ob Katja mich angesteckt hätte mit ihrem Mut und ihrer Kraft.

Meine Mutter weckte mich kurz nach neun. Es war Samstag und damit schulfrei. »Der Polizist hat eben angerufen«, sagte sie. »Er kommt gleich vorbei um das Protokoll aufzunehmen. Also zieh dich an.«

Es war wieder der ältere mit der tiefen Stimme. Ich musste erzählen, wie Katja in mein Zimmer gekommen war und warum ich sie durch das Küchenfenster hereingelassen hatte statt durch die Haustür. Nebenbei erfuhren wir von ihm, wie sie mit Nachnamen hieß: Moll.

Ma fragte ganz direkt, ob Katja Moll schon einmal oder sogar öfter bei Ladendiebstählen erwischt oder etwa mit Rauschgift aufgegriffen worden wäre.

Der Polizist schüttelte den Kopf. »Bekannt ist nichts dergleichen«, meinte er. »Aber ausschließen kann man das bei Trebegängerinnen nie, ebenso wenig wie Prostitution.«

Mas Mundwinkel zuckten. Ich wäre dem Kerl am liebsten an die Gurgel gesprungen.

»Wo ist Katja jetzt?«, wollte ich wissen.

»Wir haben sie in das Mädchenheim St. Anna gebracht, etwa sechzig Kilometer von hier entfernt. Dort ist sie vor mehreren Wochen ausgerissen.«

»Wie finde ich dieses Mädchenheim? Können Sie mir die Anschrift geben?«, bat ich ihn.

Aber ehe er antwortete, fragte meine Mutter dazwischen: »Lässt sich Ihrer Meinung nach ein solches Mädchen wieder in die Gesellschaft eingliedern?«

»Kaum. Die Resozialisierungschance ist sehr gering. Ich würde keinen Pfifferling dafür geben.«

Es machte mich wütend, wie Katja hier verurteilt wurde. Resozialisierungschance, das klang nach ganz unten, aus, am Ende, das klang nach gar keiner Chance.

»Man muss es doch wenigstens versuchen«, sagte ich. »Bitte, geben Sie mir die Anschrift von diesem Heim, damit ich Katja schreiben kann.«

Und wieder quatschte meine Mutter dazwischen. »Ich möchte mich beim Jugendamt nach diesem Mädchen erkundigen, bevor meine Tochter den Kontakt mit ihr fortsetzt.«

»Sehr vernünftig!« Ma und der Beamte waren sich einig. Sollten sie denken, was sie wollten. Ich behielt meine Meinung für mich und antwortete nur noch, wenn ich gefragt wurde. Ganz die brave Tochter. Ma wollte zum Jugendamt gehen wegen Katja. Nur das war wichtig.

Als der Beamte schließlich genug gefragt hatte, ging er wieder. Und alles war wie immer. Ma werkelte im Haushalt. Ich übte auf dem Klavier. Das Fernsehprogramm war langweilig, das Wetter noch nicht besser. Aber all das machte mir überhaupt nichts aus. Denn Ma wollte zum Jugendamt gehen.

»Ruf gleich morgen früh an«, bat ich sie, bevor ich am Sonntag ins Bett ging. »Der Polizist hat dir doch die Nummer der zuständigen Fürsorgerin von Katja gegeben. Versprichst du es mir?«

»Susanne, steigere dich nicht in etwas hinein«, sagte meine Mutter streng. »Ein verwahrlostes Mädchen kommt mir nicht ins Haus. Außerdem glaube ich nicht, dass eine Behörde so etwas befürwortet und auch noch dafür bezahlt. Vielleicht gibt es aber eine andere Möglichkeit dieser Katja zu helfen. Wir werden sehen.«

»Ich weiß, dass Katja in Ordnung ist«, sagte ich entschieden.

Meine Mutter seufzte demonstrativ und guckte wieder so verkniffen wie häufig in letzter Zeit. Ich hätte gern gewusst, was in ihr vorging. Wollte sie Katja wirklich helfen oder hoffte sie, dass die Angelegenheit sich irgendwie von alleine auflöste? Vielleicht war sie sich selber nicht darüber im Klaren. Katja tat ihr Leid, ja, das schon. Ich glaube, das war auch der Grund dafür, dass sie meinen missglückten und reichlich blöden Versuch, Katja durch das Küchenfenster ins Haus einzuschmuggeln, mit keinem Wort erwähnte. Bis jetzt war noch alles drin. Die Entscheidung hing von dem Gespräch beim Jugendamt ab.

Dieses Gespräch fand am Dienstag statt. Die zuständige Bearbeiterin für den Fall Katja Moll hieß Frau Bliesmann. Meine Mutter hatte mit ihr telefoniert, während ich in der Schule war. Frau Bliesmann wollte uns beide kennen lernen, am Nachmittag um fünfzehn Uhr.

Der Polizist hatte nicht viel über Katja gesagt. Seine Bemerkungen bezogen sich ziemlich allgemein auf Trebegängerinnen. Frau Bliesmann dagegen vermied dieses Wort. Sie sprach von Katja, und nur von ihr. Sie sprach mit großer Offenheit. Ehe Ma überhaupt mit ihren Fragen nach Ladendiebstahl, Rauschgift und Verwahrlosung anfangen konnte, erzählte Frau Bliesmann uns Katjas Lebensgeschichte.

Sie war mit vier Jahren zum ersten Mal in ein Heim gekommen, weil ihre Mutter, eine Alkoholikerin, sie und den zwei Jahre älteren Bruder in der Wohnung eingeschlossen hatte und dann spurlos verschwunden war. Nachbarn hörten die schreienden Kinder und holten die Polizei. Mit fünf Jahren war Katja in eine Pflegefamilie gekommen. Aber sie lebte sich nicht ein. Sie vermisste ihren Bruder und fragte immer wieder nach ihm. Da in der Pflegefamilie keine anderen Kinder waren und sie also keinen Ersatz für ihren Bruder fand, brachte man sie schließlich wieder in ein Heim. Das Zusammenleben mit Gleichaltrigen wirkte stabilisierend auf Katja. Sie schien ihren Bruder zu vergessen. Als Katja zehn wurde, verlangte die Mutter sie zurück. Dazu hatte die Frau das Recht, da sie eine Entziehungskur mit Erfolg abgeschlossen hatte und einer geregelten Arbeit nachging. In dieser Zeit traf Katja vermutlich ihren Bruder wieder. Allerdings weigerte der sich bei seiner Mutter zu leben. Er lief fort, wurde zweimal aufgegriffen, kam in ein Heim für Schwererziehbare und lief auch dort weg. Seitdem fehlte jede Spur von ihm.

»Wie kann bei uns jemand spurlos verschwinden?«, unterbrach meine Mutter. »Jeder Bürger ist doch vom Einwohnermeldeamt erfasst und registriert. Außerdem ist die Polizei perfekt organisiert.«

»Trotzdem verschwinden immer wieder Jugendliche«, fuhr Frau Bliesmann fort. »Sie stehen jahrelang auf den Fahndungslisten. Die Polizei geht den meist spärlichen Hinweisen nach, aber oft ohne Ergebnis.«

»Katjas Bruder lebt im Ausland«, sagte ich. »Sie hat mir von ihm erzählt.«

Frau Bliesmann machte eine längere Pause, dann schüttelte sie kaum merklich den Kopf. »Ich glaube nicht, dass ihr Bruder noch lebt«, sagte sie. »Aber lassen wir ihn beiseite. Es geht hier nur um Katja. – Das Zusammenleben mit ihrer Mutter erwies sich als schwierig. Die beiden waren sich fremd. Katja litt an neurotischen Magenbeschwerden. Sie verweigerte manchmal tagelang das Essen. Die Mutter lernte bald einen anderen Mann kennen, den sie heiratete. Aber die Ehe ging nicht gut. Der Mann war gewalttätig. Die Mutter begann wieder zu trinken. Katja lief fort, wurde von der Polizei aufgegriffen und kam in das St.-Anna-Heim. Dort ist sie mehrmals ausgerissen.«

»Und so wird das wohl auch weitergehen«, meinte Ma abschließend. »Katja hat sich daran gewöhnt, vor Schwierigkeiten wegzulaufen.«

»Das ist nicht auszuschließen«, gab Frau Bliesmann offen zu. »Es käme auf einen Versuch an. Bisher war Weglaufen ihre einzige Möglichkeit um sich selbst nicht aufzugeben. Es steckt dahinter die Hoffnung, dass es irgendwo besser wird.«

»Wie könnte man ihr helfen ohne ein Risiko einzugehen?«, fragte Ma. »Sie müssen das richtig verstehen, ich habe selber eine Tochter, für die ich verantwortlich bin.«

»Ich verstehe Sie durchaus«, meinte Frau Bliesmann und lächelte Ma verständnisvoll zu. »Ich sehe da aber keine Gefahr. Katja ist in mancher Hinsicht anders als die meisten Jugendlichen, mit denen ich zu tun bekomme. Katja ist intelligent und anhänglich. Sie sehnt sich nach einem festen Bezugspunkt. Die Unruhe im Heim, die ständige Beaufsichtigung, der vorgeschriebene Tagesablauf und die oft geballte Aggression unter den Heiminsassen sind für Katja unerträglich. Es wäre ein Glück und eine Chance für sie, wenn sie in einer Familie unterkommen könnte. Und da ist noch etwas: Katjas bedingungslose Hingabe, wenn sie erst einmal Vertrauen gefasst hat. Viele Jugendliche, die eine gestörte Kindheit hinter sich haben, sind stumpf oder brutal. Katja ist nichts von beidem. Sie hat sich Hoffnung bewahrt. Sie glaubt daran, dass irgendwann alles gut wird.«

Frau Bliesmann blickte Ma fragend an, aber die antwortete nicht.

»Wenn Sie Katja in Ihrem Haus aufnehmen, übernimmt das Sozialamt Miete und Unterhalt. Sollte es ernsthafte Probleme geben, besonders, was den Einfluss auf Ihre Tochter betrifft, können wir Katja von einem Tag auf den anderen wieder in ein Heim einweisen. Ich könnte mir aber vorstellen, dass die beiden Mädchen sich gut ergänzen. Sie haben sich bereits angefreundet und der gegenseitige Einfluss kann durchaus positiv sein.«

Ma blickte über Frau Bliesmanns Kopf hinweg aus dem Fenster. Sie nickte. »Es wäre vielleicht auch für mich von Vorteil. Ich stecke im Augenblick in einer Krise«, sagte sie nachdenklich. »Ehekrise. Eine Aufgabe würde mich auf andere Gedanken bringen. Ich muss mich neu orientieren. Katja könnte so eine Aufgabe sein.«

»Versuchen Sie es«, sagte Frau Bliesmann freundlich. Ma stand auf. »Ich kann mich nicht sofort entscheiden. Ich werde es mir überlegen. Wenn ich mich dazu entschließe, wäre es allerdings erst mal zur Probe. Das sollte Katja wissen.«

»Sie können den Mietvertrag jederzeit wieder lösen«, wiederholte Frau Bliesmann. »Es handelt sich ja nicht um eine Pflegestelle. – Ich hoffe, ich höre bald von Ihnen.« Sie reichte Ma und mir die Hand.

Meine Mutter brauchte immer Bedenkzeit. Das kannte ich. Es beunruhigte mich nicht allzu sehr. Seltsamerweise fühlte sie sich verpflichtet mit Daddy darüber zu reden, weil es dabei angeblich auch um meine Erziehung ging. Sie rief ihn an, zum ersten Mal seit er ausgezogen war. Katja war der Grund dafür, dass sie wieder miteinander redeten. Und Ma vermied sogar die schrille Tonlage. Ich hörte von der Treppe aus zu. Ihre Antworten klangen, als ob Dad nichts dagegen hätte.

Aber Ma zögerte noch immer und ich drängelte. Ich kämpfte für Katja.

Schließlich gab sich Ma den entscheidenden Ruck. Sie räumte Daddys Zimmer aus. Viel hatte er nicht zurückgelassen. Der Rest wurde im Keller gelagert. Wäre das nicht geschehen um sein Zimmer für Katja herzurichten, hätte ich wahrscheinlich wieder geheult. Aber so fasste ich mit an und wir schafften das beide ganz locker.

Samstagmorgen, vierzehn Tage nachdem der Polizist bei uns im Wohnzimmer für Katja keinen Pfifferling geben wollte, fuhren Ma und ich zu dem Mädchenheim St. Anna um sie abzuholen.

Katja wartete schon auf uns. »Ich hab es gewusst«, sagte sie und lächelte ganz lieb. »Ich habe es die ganze Zeit gewusst.«

Ich fühlte mich toll. Endlich hatte ich wieder eine Freundin und sie wohnte sogar bei uns zu Hause. Das hatte ich geschafft! Von wegen Susanne, das Mauerblümchen! Ich schrieb einen langen Brief an Doris. Aber diesmal jammerte ich nicht, wie sehr ich sie vermisste. Ich erzählte ihr ausführlich von den Folgen meiner geschwänzten Klavierstunde und von der missglückten Verbrecherjagd unseres kurzsichtigen Nachbarn.

Seit ich Katja kennen gelernt hatte, war für mich jeder Tag spannend gewesen. Ich hämmerte die ollen Klavierübungen ohne Grimm auf die Tasten und Fräulein Wunderlich war begeistert. Sie lobte meinen Fleiß. Dabei hatte ich fast gar nicht geübt.

Im Politikunterricht geriet ich mit Knolle aneinander. Er behauptete nämlich, es gäbe bei uns keine Unterdrückung von Minderheiten. Ich hielt dagegen, es gäbe durchaus Unterdrückung von Randgruppen. Er solle mir doch mal sagen, ob seine Eltern mit so genannten Asozialen in einem Haus wohnen möchten oder ob sein Vater jemanden anstellen würde, der ein schiefes Gesicht hatte oder vorbestraft war. Knolle meinte, das hätte nichts mit Unterdrückung von Minderheiten zu tun, sondern hinge von der persönlichen Einstellung Einzelner ab. Ich protestierte, solche Argumente seien eine Verschleierung von Tatsachen. Unser Politiklehrer stellte dann beide Meinungen gegeneinander und forderte die Klasse auf dazu Stellung zu nehmen. Es wurde eine heiße Diskussion. Am Schluss der Stunde lobte Herr Franzen mich: »Susanne, endlich hast du dich lebhaft am Unterricht beteiligt. Das hat mir gefallen.«

Ich merkte selber, dass ich gelöster war als sonst. Woher das auf einmal kam, konnte ich nicht genau erklären. Auf jeden Fall hing es mit Katja zusammen. Und nun wohnte sie bei uns. Das hatte *ich* geschafft.

Katja fand sich schnell zurecht. Daddys Zimmer nannte sie die Bärenhöhle. Mas Sonntagskuchen schmeckte ihr himmlisch. In der Badewanne trällerte sie eine Stunde vor sich hin und probierte lautstark die verschiedenen Gurgelgeräusche mit einer leeren Badeschaumflasche aus. »So einen Super-Wasch-Wohlfühltag habe ich noch nie gehabt«, schwärmte sie.

»Du hast eine seltsame Sprache drauf«, lachte ich. »Wo redet man denn so?«

»Nirgends. Das ist Katja-Spezial-Wortsalat. Versteht aber jeder. Susi, jetzt spiel mir was auf dem Klavier vor«, rief sie überschwänglich. »Ich brauche nur noch Musik, dann hebe ich ab.«

»Was für eine Kraft und Lebensfreude in diesem Mädchen steckt«, murmelte meine Mutter, als Katja es nicht hörte. »Erstaunlich, woher sie das nimmt nach all dem, was hinter ihr liegt.«

»Bitte, Susi!« Katja klappte den Deckel vom Klavier zurück und klimperte mit einem Finger.

»Nein!«, protestierte ich. »Du hast mich gerade zweimal Susi genannt, obwohl du genau weißt, dass ich den Namen nicht ausstehen kann.«

»Dann eben Susanne. Ich mag Susi aber gern. Wenn ich die Augen zukneife und Susi denke, fällt mir Weihnachtsengel ein, es riecht nach Rosen oder Eierpfannkuchen, ich fühle Pelz auf meinen Armen. Susi ist jedenfalls ein irre gutes Gefühl.«

Darüber musste ich nun doch lachen. »Du spinnst ganz schön.«

Sie lachte auch, packte meine Hand und zog mich zum Klavier.

Ich spielte das Menuett, das ich gerade üben musste. Katja saß neben mir auf dem Teppich und hörte zu. Sie rührte sich nicht. Ihr Blick war konzentriert auf die Tasten gerichtet. Mit allen Sinnen schien sie die Musik aufzunehmen, obwohl ich mehrmals danebengriff.

»Spiel noch was«, bat sie leise, als ich geendet hatte. Sie starrte weiter auf die Tasten und wartete gespannt.

Ich nahm mir einen Tanz von Schubert vor, den ich besser spielen konnte. Nach wenigen Takten sprang Katja auf, drehte sich, lief zu meiner Mutter, die im Sessel saß, zögerte einen Moment, dann fasste sie Ma an beiden Händen und zog sie hoch.

Und meine sonst so steife Mutter hopste mit Katja durch das Wohnzimmer. Ich konnte es kaum fassen. Katja quietschte vor Übermut und meine Mutter ließ sich anstecken. Sie, die immer nur verkrampft die Mundwinkel auseinander zog und davon Falten bekam, lachte aus vollem Herzen.

Mit Katja war die Fröhlichkeit bei uns eingezogen.

Allerdings gab es auch gleich die ersten Missverständnisse. Als Katja ganz selbstverständlich mit einer brennenden Zigarette in die Küche kam und eine Untertasse aus dem Schrank holte um die Asche darauf abzustreifen, erstarrte Ma förmlich.

»Das geht aber nicht!«

Katja zuckte zusammen. »Entschuldigung, ich konnte keinen Aschenbecher finden.«

»Wir haben keinen. In diesem Haus wird nicht geraucht.«

»Macht nichts, dann rauche ich draußen«, schlug Katja vor und eilte vor die Haustür.

Als sie wieder reinkam, sah Ma sie eindringlich an. »Musst du unbedingt rauchen?«

Katja nickte mit dem Ausdruck größter Selbstverständlichkeit. »Ich habe mit elf angefangen. Jetzt kann ich es nicht mehr lassen.«

»Wie war das denn im Heim?«, wollte meine Mutter wissen. »Ich kann mir nicht denken, dass es dort erlaubt ist zu rauchen.«

»Doch«, sagte Katja. »Es gibt bestimmte Aufenthaltsräume dafür. Wenn die Schwestern das Rauchen verbieten würden, gäbe es zu viel Unruhe, weil dann heimlich hinter den Betten, auf dem Klo, im Keller und in jedem verborgenen Winkel gequalmt würde.«

Das schien Ma einzuleuchten, aber gleichzeitig passte es ihr überhaupt nicht. »Ich kann dir das Rauchen wohl nicht verbieten«, meinte sie. »Aber ich will auf keinen Fall, dass du Susanne dazu verleitest.«

»Das ist ihre Sache. Susanne kann machen, was sie will.« Katja sah da gar keine Schwierigkeiten. »Ich gehe immer raus, dann riecht man es nicht im Haus.«

»Auf Dauer ist das wohl ein bisschen umständlich«, lenkte Ma ein. »Vielleicht könnten wir uns darauf einigen, dass du nur in deinem Zimmer rauchst, danach gut lüftest und den Aschenbecher in der Mülltonne vor dem Haus ausleerst.«

Katja versprach es.

Das zweite Missverständnis war ganz anderer Art. Beim Abendbrot fiel mir plötzlich ein, dass Katja auch zur Schule gehen musste. »Sag mal, welchen Schultyp besuchst du eigentlich?«, fragte ich.

»Das ist nicht so ganz klar«, nuschelte Katja mit vollem Mund.

»In welcher Schule warst du denn zuletzt?«

Katja kaute weiter. Das Thema schien sie nicht zu interessieren. Ma und ich sahen sie erwartungsvoll an.

»Ich will nicht mehr zur Schule gehen. Ich suche mir Arbeit«, antwortete sie schließlich.

»Hast du denn bereits einen ordentlichen Abschluss?«, fragte Ma.

Katja würgte einen Brocken hinunter. »Bei mir ist nichts ordentlich. Woher denn auch?«, knurrte sie gereizt. »Schule ist Pipikram. Ich kann arbeiten.«

Nun holte meine Mutter zu einer längeren Rede aus, in der sie die Vorteile eines Schulabschlusses von allen Seiten beleuchtete. Sie machte das so gründlich, dass Katja auf ihrem Stuhl immer kleiner wurde. Meine Mutter schloss das Thema ab, indem sie ankündigte mit Frau Bliesmann den Fall zu besprechen. »Solange du bei uns bist, sollst du jede Möglichkeit erhalten, Ordnung in dein Leben zu bringen«, versprach Ma.

Katja verzog das Gesicht. »Muss nicht unbedingt sein, sonst überfresse ich mich noch an zu viel Ordnung.«

Ma lachte. »Keine Angst, das kriegen wir schon hin. Morgen darfst du noch schwänzen.«

Für mich war am Montag allerdings Schule. »Schöne Grüße von Katja«, sagte ich zu Knolle. Das hatte sie mir zwar nicht aufgetragen, aber ich wollte mal sehen, wie er darauf reagierte.

»Echt, hat sie das gesagt?« Knolle kriegte rote Ohren. »Du kannst mir nicht vielleicht ihre Telefonnummer geben?«

»Aber klar kann ich das. Es ist nämlich zufälligerweise meine eigene. Wir wohnen seit vorgestern zusammen, Katja und ich.«

»Echt??« Knolles Wortschatz war noch nie besonders groß gewesen. Jetzt fiel ihm vor Verblüffung gar nichts mehr ein.

Als ich mittags nach Hause kam, hörte ich schon an der Haustür Gekicher und Gequietsche aus dem Bad. Ich ging die Treppe hoch und dachte, ich traue meinen Augen nicht. Ma hatte sich die Haare gewaschen und Katja hantierte mit einem Föhn auf ihrem Kopf herum. Ich verstand zwar nicht, was dabei so komisch war, aber die beiden amüsierten sich köstlich.

»Katja führt bei uns ein Sparprogramm ein«, erzählte Ma lachend. »Sie hat mir verboten zum Friseur zu gehen.«

»Und morgen ist Grießbreitag«, fügte Katja hinzu. »Heim-Küchen-Spar-Regel Nummer eins: Fleisch ist ungesund.«

»Na, fantastische Aussichten!« Ich verdrehte die Augen. »Und was machen wir mit dem gesparten Geld?«

»Mal sehen«, meinte Ma. »Sparen ist grundsätzlich positiv.«

»Nee, bloß nicht.« Katja hatte ganz andere Vorstellungen von Geld. »Am Samstag packen wir alle Scheinchen, die noch übrig sind, auf den Küchentisch und dann kaufen wir davon für jeden einen flotten Fummel.«

»Erst mal kaufen wir heute Nachmittag Hefte«, sagte meine Mutter und dämpfte damit deutlich Katjas gute Laune.

»Ist denn nun klar, in welche Schule sie geht?«, erkundigte ich mich.

»In die Hauptschule, neunte Klasse«, berichtete Ma. »Frau Bliesmann hat sich im St.-Anna-Heim erkundigt. Katja muss viel nachholen. Wir werden ihr dabei helfen, nicht wahr, Susanne?«

»Es lebe die Jugendamt-St.-Anna-Heim-Kacke«, maulte Katja.

Das fand Ma nun gar nicht gut. Der Rest des Haartrocknens verlief schweigend.

5

Katja fand sich damit ab, zur Schule zu gehen. Aber ich glaube, sie hielt das für Zeitverschwendung. Und Schulaufgaben hielt sie für noch mehr Zeitverschwendung. Ma und ich mühten uns ab ihr Vokabeln und Mathematik, Geschichte und einfach alles einzutrichtern. Katja nahm es hin ohne sonderliche Anteilnahme. Ich glaube, sie ging nur zur Schule um meiner Mutter einen Gefallen zu tun.

Sie lebte bereits vier Wochen bei uns. Eines Nachmittags kam sie aus der Bärenhöhle zu mir, als ich gerade für den nächsten Physiktest paukte. Sie gebrauchte nie einen anderen Ausdruck als Bärenhöhle, wenn sie von ihrem Zimmer sprach. Ma und ich hatten uns so daran gewöhnt, dass wir auch nur noch Bärenhöhle sagten.

»Sanne, kannst du mir Geld leihen?«

»Schon wieder? Du hast bereits dreißig Mark von mir.«

»Ich weiß, aber was soll's? Du hast dein Geld doch bloß in diesem komischen Schwein stecken.« Katja machte eine ungeduldige Bewegung. »Am Ersten kriege ich Taschengeld vom Sozialamt. Dann zahle ich's zurück.«

»Wie viel brauchst du denn?«

»Bloß was für Zigaretten.«

Ich gab ihr das Geld. »Wann soll ich dich die Vokabeln abhören?«, fragte ich.

»Gleich, ich laufe nur zum Automaten. Bin in fünf Minuten zurück.«

Sie stürmte aus dem Zimmer, die Treppe hinunter, und dann knallte die Haustür ins Schloss.

Nach zwanzig Minuten lehnte ich mich aus dem Fenster und schaute die Straße entlang. Den Zigarettenautomaten konnte ich sehen, Katja nicht. Vielleicht ging sie spazieren und rauchte draußen.

Nach zwei Stunden war sie noch nicht zurück. Es war bereits dunkel. Meine Mutter kam zu mir hoch. »Weißt du, wo Katja ist? Sie wollte unbedingt von mir lernen, wie man Streuselkuchen backt. Ich warte.«

»Sie ist zum Zigarettenautomaten gegangen.«

Ma runzelte die Stirn. Unschlüssig stand sie in der offenen Zimmertür. »Länger warte ich nicht mehr. Dann backe ich eben den Streuselkuchen ohne sie. Schließlich ist morgen der erste Advent.« Ihre Stimme klang gereizt.

Vielleicht war Katja ins Jugendzentrum gegangen und hatte alles andere vergessen. So etwas war schon mehrmals vorgekommen. Sie war ganz wild darauf, mit uns eine bestimmte Sache zu machen, und im nächsten Augenblick hatte sie bereits etwas anderes vor. Wenn sie jetzt wirklich zum Treffpunkt gegangen war statt wie verabredet mit meiner Mutter Kuchen zu backen, konnte es Ärger geben. Ma hatte nämlich ihre Bedenken gegen das Jugendzentrum nicht abgelegt. Mir verbot sie strikt dorthin zu gehen. Bei Katja appellierte sie an die Freundschaft zu mir: »Tu Susanne das nicht an. Außerdem versäumst du dort nichts.«

Es war wohl besser, sie zu holen, ohne dass Ma etwas merkte. Vor einiger Zeit hatte ich mir ein Buch von Steffi ausgeliehen. Das konnte ich rasch zurückbringen und dabei einen Schlenker zum Treffpunkt machen.

Ich ging also zu Ma in die Küche, erklärte ihr, warum ich zu Steffi wollte, und wedelte mit dem Buch.

Ma grummelte was von Abendessen und Pünktlichkeit. Ich versprach es und sauste mit meinem Fahrrad los. Der Treffpunkt war geschlossen. Jetzt fiel mir nur noch Knolle ein. Katja benahm sich zwiespältig, wenn es um ihn ging. »Der Typ ist ja so hohl«, versicherte sie mir. »Was der manchmal für einen Schwachsinn labert! Ich fasse es nicht.«

Dennoch besuchte sie ihn öfter oder verabredete sich mit ihm im Jugendzentrum. Sie erzählte es mir allerdings nur, wenn Ma nicht in der Nähe war. Auf einmal hatte ich eine Menge Geheimnisse vor meiner Mutter. Und alle hingen mit Katja zusammen. Ich fuhr widerwillig bei Knollmanns vorbei. Katja war nicht dort.

Dann eben nicht! Ich fror. Warum versuchte ich eigentlich ihr Unannehmlichkeiten aus dem Weg zu räumen? Katja konnte ganz gut für sich selber sorgen, wenn sie nur wollte. Ich hatte mal wieder Angst, Angst, dass sie Ärger bekam. Verflixt, dieses ewige Angsthaben wollte ich mir doch abgewöhnen! Stattdessen übertrug ich es auch noch auf Katja. Ich fuhr auf kürzestem Weg nach Hause und war froh, als mein Rad im Keller stand.

Abendessen gab es bei uns täglich um halb sieben. Haus-Mampf-Ordnung nannte Katja das. Bisher war sie meistens pünktlich gewesen. Heute kam sie nicht. Ma verlor kein Wort darüber, aber ihr Gesichtsausdruck war unerträglich.

»Nun mach doch nicht gleich ein Drama daraus!«, fuhr ich sie an.

»Wie bitte?« Ma runzelte die Stirn. »Was erlaubst du dir für einen Ton!«

»Guck mal in den Spiegel. Du machst ein Gesicht, als wäre Katja mit der Haushaltskasse durchgebrannt. Sie hat sich bisher doch gut benommen und wir hatten so viel Spaß miteinander. Du willst immer alles positiv sehen, ich merke nur nichts davon!«

Die Beklemmung in mir war in Wut umgeschlagen. »Wut macht stark«, behauptete Katja. Ich gab ihr in Gedanken Recht. Ohne zu überlegen hatte ich meiner Mutter die Meinung gesagt. Und das tat gut.

Ma räumte den Tisch ab. Ich half ihr dabei. Sie spülte das Geschirr, ich stellte es in den Schrank. Wir sahen uns gemeinsam die Nachrichten im Ersten Programm an und anschließend den Spielfilm. Aber in Gedanken war ich ununterbrochen bei Katja. Wo konnte sie nur sein?

Irgendwann hielt ich es nicht mehr aus. »Glaubst du, dass ihr etwas passiert ist?«, fragte ich.

Ma schüttelte den Kopf. »Streunende Katzen kann man nicht zähmen«, sagte sie nur.

Nach dieser Antwort ging ich ins Bett. Vielleicht warf Katja heute Nacht wieder Steinchen an mein Fenster. Na schön, dann würde ich sie hereinlassen, aber diesmal durch die Haustür.

Katja warf keine Steinchen. Am anderen Morgen war sie immer noch nicht zurück. Ma hatte die Adventsdekoration in der Wohnung ausgebreitet. Der hölzerne Nussknacker stand neben dem Fernseher. Auf dem Esstisch lag ein Kranz aus Tannenzweigen, die weiß besprüht waren. Es sah aus wie Zuckerguss, sollte aber vermutlich an Schnee erinnern. Vier rote Kerzen steckten zwischen dem weißen Gekrissel. Eine brannte. Wir aßen Streuselkuchen.

»Eine recht frohe Adventszeit, Susanne«, sagte meine Mutter und lächelte. »Mach dir keine Sorgen. Es ist gut so, wie es ist.«

Kurz nach elf klingelte es. Ich schoss zur Haustür und herein schoss Katja.

»Hallo, Susi! Du ahnst nicht, wen ich getroffen habe«, rief sie, drückte mich an sich und wirbelte mich herum.

»Offenbar den Weihnachtsmann persönlich mit einem Sack voll Geschenken.«

»Den Weihnachtsmann? Viel toller!« Sie zog den Anorak aus und schleuderte ihn in Richtung Garderobenhaken. Natürlich fiel er auf den Boden. Ich hob ihn auf. Katja war schon im Wohnzimmer.

»Also, wer war es nun?«, fragte ich und lief hinter ihr her.

»Buddi!« Seit sie bei uns wohnte, hatte sie ihren Bruder nicht mehr erwähnt.

Meine Mutter blickte erst Katja, dann mich mit eisiger Miene an. »Würdet ihr mir bitte erklären, um wen es sich handelt?«, fragte sie.

Das klang nicht gut. »Ihr Bruder«, sagte ich schnell. »Katja nennt ihren Bruder Buddi.«

»Frau Bliesmann hat gesagt, er sei verschwunden. Und du hast ihn getroffen?«

Katja ging über diesen Einwand hinweg. »Ich hätte ihn so gerne mitgebracht, aber Buddi meint, er kann nicht zu Besuch kommen ohne eingeladen zu sein. Buddi legt Wert auf Höflichkeit.«

»Ach ja?« Mas Stimme klang spitz. »Die mindeste Höflichkeit wäre gewesen, dass du anrufst und Bescheid sagst, wenn du eine ganze Nacht lang nicht nach Hause kommst.«

Katja seufzte dramatisch. »Ich wollte schon gestern zurückkommen. Ehrlich! Aber wir hatten uns so viel zu erzählen, und schwupps, war es Mitternacht. Da konnte ich nicht mehr anbimmeln. Ihr geht doch so früh ins Bett. Leider hatte ich den Schlüssel vergessen, sonst wäre ich ganz bestimmt gekommen. Bitte, nicht böse sein! Ich bin sooo glücklich. Buddi kauft mir bald die Eigentumswohnung. – Ach, ich habe euch übrigens was mitgebracht.« Sie lief in die Garderobe und zog zwei Postkarten aus ihrer Anoraktasche. Die eine schenkte sie meiner Mutter, die andere mir.

»Nach Buddi seid ihr die liebsten Menschen, die ich kenne«, sagte sie.

Auf meiner Karte war eine Möwe abgebildet, die mit weit ausgebreiteten Flügeln im wolkenlosen Himmel schwebte. Auf der anderen Karte schwamm eine Möwe auf dem Meer. Im Hintergrund ging die Sonne unter.

»Das sind meine Lieblinge«, sagte Katja und strahlte. »Manchmal träume ich, ich wäre eine Möwe. Davon wache ich jedes Mal mit einem ganz warmen Gefühl im Bauch auf. Vielleicht war ich schon einmal eine Möwe vor Tausenden von Jahren.«

»Ich danke dir für dieses Geschenk«, sagte Ma in ihrer steifen Art. »Als ich so alt war wie du, bin ich mit meinen Eltern ans Meer gefahren. Damals waren Möwen auch meine Lieblingsvögel. Ich konnte stundenlang am Strand sitzen und zuschauen, wie sie schwerelos unter dem Himmel segelten. Ich habe mir damals oft gewünscht so frei wie eine Möwe zu sein. Aber einmal war ein fürchterlicher Sturm in der Nacht. Am anderen Morgen lagen mehrere Möwen am Strand mit gebrochenen Flügeln und verrenkten Hälsen. Sie sahen erbärmlich aus. An diesem Morgen habe ich begriffen, dass Freiheit sehr hart ist. Wer sich kein Nest baut, wer nicht vorsorgt für die Zukunft, der kann nicht überleben in der Zeit der Stürme. Vergiss das niemals, Katja, wenn du davon träumst, eine Möwe zu sein.«

Katja ließ den Kopf tief auf die Brust hängen. Die Haare fielen ihr ins Gesicht. Sie sagte nichts und rührte sich nicht.

»Ist was?«, fragte ich und berührte sie leicht am Arm.

Sie zuckte zusammen, drehte sich um und rannte die Treppe hoch in ihre Bärenhöhle. Sie weinte, ich hatte es genau gesehen.

»Du hast ihr die Freude verdorben«, warf ich Ma vor. »Katja war so glücklich, als sie zur Haustür hereinkam. Es war, als ob die Sonne aufging, während wir wie Maulwürfe hier herumgehangen haben.«

Meine Mutter wedelte nervös mit der Postkarte und lehnte sie schließlich gegen eine Vase. »Ich will ihr helfen. Verstehst du das denn nicht? Katja geht es gut bei uns. Sie hat endlich ein geordnetes Zuhause gefunden. Für sie bedeutet das die große Chance, die jeder nur einmal in seinem Leben erhält. Aber sie begreift das nicht. Sie geht leichtfertig damit um.«

»Katja ist viel fröhlicher als wir«, wandte ich ein. »Ist dir das auch schon aufgefallen? Sie macht sich keine Sorgen um die Zukunft. Sie lebt einfach und lacht.«

»Das geht aber nicht lange gut«, brauste Ma auf. »Leichtfertigkeit rächt sich immer. Man kann nicht in den Tag hineinträllern ohne Verantwortung zu übernehmen. Glück will hart erarbeitet sein. Ein guter Schulabschluss, eine solide Ausbildung, Ordnung, Sicherheit, das alles klingt schrecklich nüchtern, ist aber die Voraussetzung um im späteren Leben glücklich zu werden.«

»Warst du als Kind, als junges Mädchen glücklich? Bist du jetzt glücklich, Ma?«

»Ich kann mich nicht beklagen.« Sie sah mich herausfordernd an. Die Falten um ihren Mund gruben sich ein wenig tiefer ein. »Jetzt muss ich mich um den Sonntagsbraten kümmern«, sagte sie und ging mit festen Schritten in die Küche.

Wenn ich Ma so zuhörte, kam mir der Verdacht, dass Glück eine verteufelt anstrengende Angelegenheit war.

Katja packte verteufelt anstrengende Angelegenheiten gar nicht erst an. War ihr Tag gut, war sie glücklich, war er schlecht, war sie es nicht. Katjas Leben war einfach, weil sie selber einfach war.

Mein Leben und das meiner Mutter war oft kompliziert, weil wir kompliziert waren.

Ma hatte früher in der Sparkasse gearbeitet. Jetzt fand sie keine Anstellung mehr. Sie grübelte über ihre ungewisse Zukunft. Deshalb wirkte sie so eingefroren, seit Daddy uns verlassen hatte. Katja grübelte vermutlich nie. Sie ließ alles auf sich zukommen, sie lebte von Augenblick zu Augenblick.

Später beim Mittagessen bemühte sich jeder freundlich zu sein. Aber die Spannung war noch zu spüren. Meine Mutter war offensichtlich entschlossen Katja nicht weiter auszuhorchen. Stattdessen zeigte sie ihr, worauf sie selber Wert legte. Sie hatte eine gestickte Tischdecke ausgebreitet. Eine Kerze brannte im silbernen Leuchter. Aus der Stereoanlage erklang eine Serenade von Mozart. Ma servierte das Essen auf dem guten Geschirr, das nur bei besonders festlichen Anlässen auf den Tisch kam.

Ich hatte dabei das unsinnige Gefühl, als wollte meine Mutter Katja verführen, sie mit Wohlstand weglocken von der harten Freiheit der Möwe oder der Trebegängerin.

»Nun, Katja, lass es dir recht gut schmecken«, sagte Ma betont herzlich. »Vielleicht erinnerst du dich später daran, wie du den ersten Advent mit uns gefeiert hast, und machst es dann ähnlich, wenn du einen eigenen Haushalt führst.«

Katja nickte eifrig, wirkte aber ziemlich abwesend. Sie hatte Hunger und schlang das gute Essen ganz unfeierlich in sich hinein, so wie Ma das gar nicht leiden konnte.

»Iss langsam«, mahnte sie dann auch. »Es ist genug da und keiner nimmt dir etwas weg.«

»Weiß ich, aber es schmeckt einfach irre. Ich kann mich nicht bremsen.«

»Wenn du in Ruhe isst, hast du länger das Vergnügen«, versuchte Ma weiter auf Katja einzuwirken. »Wir haben Zeit, viel Zeit.«

Katja lachte. »Da fällt mir gerade was ein. Wir waren mal irgendwo hinter Hamburg. Da oben, wo es immer regnet. Jedenfalls goss es wie aus Kübeln. Mein Magen war schon ganz schrumpelig vor Hunger. Bei so einer Pladderei kriegste kein Feuer an. Holz nass, Klamotten nass, Schuhe, Haare, Streichhölzer – nichts ist mit Wohlfühlen. Also Kohldampf. Gegen Abend guckten wir uns eine Scheune an. Die lag ein Stück weg vom nächsten Haus. Und 'ne Hecke war auch noch dazwischen. Da wollten wir rein. Aber die Tür ging nicht auf. Der Lucki, das ist – na ja, egal – der Lucki eben, der hat das Schloss bearbeitet, bis es aufsprang. Nicht kaputtgemacht, nur mit einem Trick aufgeklickt. Aus der Tür schlug uns ein fürchterlicher Mief entgegen und so komische Geräusche. Ich wollte schon abhauen. Die Klitsche war mir unheimlich. Aber der Lucki ließ ein Feuerzeug aufblinken und ging rein. Da hat er lauter Hühner gesehen. Hunderte. Wir sind dann ganz schnell in die Hühnerklitsche und haben die Tür wieder zugemacht.

Mief ist nämlich meistens warm. Bei den Hühnern war es sogar mollig warm. In der Mitte war ein Gang. Wir haben Stroh zusammengeknautscht und ein klitzekleines Feuer angezündet. Lucki hatte eine Bratpfanne dabei. Es war irre! Ich habe noch nie so viele Spiegeleier verdrückt. Die Klamotten trockneten langsam. Aufs Dach trommelte der Regen und die Hühner gackerten leise dazu. Wie Musik war das. So ein Fresschen vergisst du nie«, schwärmte Katja. »Und wenn du hundert Jahre alt wirst.«

Die Mozartplatte war zu Ende gelaufen. Meine Mutter löffelte mit niedergeschlagenen Augen die Weinschaumcreme aus ihrem Kristallschälchen. Es war das erste Mal, dass Katja in Gegenwart meiner Mutter von ihren Trebeabenteuern erzählte. Ich stieß sie unter dem Tisch an und gab ihr mit einem Blinzeln zu verstehen, dass sie lieber schweigen sollte. Sie verstand sofort.

»Das hier ist selbstverständlich tausendmal besser«, fuhr Katja unbekümmert fort. »So ein Essen ist wie ein Märchen genau an der Stelle, wo die Geschichte erst richtig losgeht, aber leider grundsätzlich zu Ende ist. Nämlich, wenn die arme Bauerntochter im Schloss gelandet ist, nachdem man ihr einen Prinzen aufs Auge gedrückt hat. Ich wollte schon immer wissen, wie es weitergeht.«

»Ja«, sagte Ma. »Das möchte ich auch gern wissen.«

6

Das Telefon klingelte. Ich hob den Hörer ab und meldete mich. »Hallo, mein Kind, wie geht es dir?«, sagte Daddy am anderen Ende der Leitung.

»Och, ganz gut, ich mag nur nicht, dass du mich Kind nennst.«

Er lachte abgehackt. »Du bist doch mein Kind. Warum soll ich dich nicht so nennen?«

»Weil ich einen Namen habe.«

»Ich verstehe, mein Kind will erwachsen sein«, sagte er und lachte wieder so abgehackt. »Susanne die Große.«

»Daddy, ich vermisse dich. Ich freue mich immer, wenn du anrufst, aber nicht, wenn du so albern mit mir redest.«

Einen Augenblick war es still in der Leitung, dann sagte er: »Du hast dich verändert, Susanne. Du kommst mir selbstsicherer vor.«

Die Bemerkung freute mich. »Findest du wirklich, Daddy?«, fragte ich.

»Was hältst du davon, wenn wir uns Sonntag treffen? Dann kann ich dir genau sagen, ob du dich verändert hast, seit wir uns das letzte Mal gesehen haben.«

»Prima, einverstanden«, stimmte ich sofort zu. »Kommst du zu uns?«

»Nein, du kommst zu mir.«

»Daddy, bitte hol mich ab. Du brauchst nicht lange zu bleiben, wenn du nicht willst. Aber ich möchte, dass du Katja kennen lernst und dass du mal wieder zu Hause bist. So wie früher. Für zehn Minuten wenigstens.«

»Nein, Susanne, aus Prinzip nicht.«

»Ach komm, Daddy, immer hast du Prinzipien. Ma dreht alles auf positiv und du hast deine Prinzipien. Das ist doch Krampf. Bitte komm und hol mich ab.«

»Nein«, sagte er barsch und legte auf.

Auweia! Da hatte ich seinen wunden Punkt getroffen. Ich wollte ihn doch nicht kränken. Unschlüssig saß ich neben dem Telefon. Wahrscheinlich erwartete er, dass ich zurückrief und mich entschuldigte. Aber wofür? Und klein beigeben wollte ich diesmal nicht. »Eltern sind auch nicht immer stark«, dachte ich. Als Kind meint man das nur, weil sie eben groß sind. Dad mit seinen Prinzipien und Ma mit ihrem Positiv-Dreh, ich glaube, dahinter verstecken sie ihre Ängste. Zukunftsangst, Angst vor dem Alter oder Angst zu versagen. Dieser Gedanke berührte mich seltsam, beinahe so, als hätte ich meine Eltern ertappt.

War Katjas Mutter Alkoholikerin geworden, weil sie ihre Ängste vergessen wollte, für Stunden wenigstens? Ich horchte nach oben. In der Bärenhöhle dudelte der Kassettenrecorder. Katja hatte ihn von mir ausgeliehen. Wenn sie zu Hause war, ließ sie ihn ständig laufen, sogar wenn sie ins Bett ging. Es war schon vorgekommen, dass Ma in der Nacht den Recorder abgeschaltet hatte, während Katja fest schlief.

»Ich kann nicht allein sein. Wenn es ganz still ist, werde ich wahnsinnig«, behauptete Katja. Steckten dahinter ihre Ängste?

Jetzt konnte *ich* nicht allein sein. Das Telefongespräch mit Dad rumorte in meinen Gedanken. Ich wollte mit Katja darüber reden.

Sie saß auf der Fensterbank und rauchte. Auf den Knien schaukelte sie ihr Englischbuch. »Lernst du gerade?«, fragte ich.

»Nicht direkt«, wehrte sie ab und grinste. »Ich habe soeben beschlossen lieber morgen vor der Stunde abzuschreiben.«

»Also, Katja, streng dich ein bisschen an. Sonst bleibst du hängen. Das ist doch blöde. Du kapierst fast alles ziemlich schnell. Wenn du nicht so faul wärst, könntest du ein gutes Zeugnis kriegen.«

Sie pustete mir den Rauch entgegen. »Du redest wie deine Leute«, sagte sie.

»Was soll das heißen, wie meine Leute?«

»Wie deine Ma, Frau Bliesmann, die Pauker in der Schule, die Büromaus vom Sozialamt – wie die Kümmerer eben.«

»Was sind denn Kümmerer?«

»Deine Leute sind Kümmerer. Die kümmern sich ständig um was. Schule, Knete, Kacke. Und die Nichtkümmerer leben ohne das.« Sie warf das Englischbuch quer durchs Zimmer.

»Bist du sauer?«, fragte ich.

»Kein bisschen. Du bist sauer.«

»Wieso ich?«

»Weil du schon mit diesem Susi-Sauer-Blick reingekommen bist. Was ist? Keine Lust zu Tralala auf dem Klavier?«

»Mein Vater hat angerufen. Er will sich Sonntag mit mir treffen. Aber da ist was schief gelaufen.«

»Kümmere dich nicht darum. Warte einfach ab«, sagte Katja leichthin. »Komm, wir holen uns ein Eis.« Sie drehte den Recorder lauter. »Heiße Musi und Eis, genau darauf habe ich Bock.«

»Katja, hör mir mal eine Minute zu«, bat ich. »Ich habe ein Problem mit meinem Vater.«

»Erst holen wir uns Eis aus dem Tiefkühlfach und dann lass ich dich an der Zigarette ziehen. Das ist gut gegen Probleme.«

Sie wollte einfach nicht zuhören. Ich trottete hinter ihr die Treppe runter in die Küche.

»Leg den Susi-Sauer-Blick ins Eisfach«, befahl sie mit komischem Ernst. »Ich müsste auch Probleme mit meinem Alten haben. Soll ich dir mal zeigen, was ich damit mache? Pah!« Sie spuckte in unsern Kühlschrank. So richtig mit vollem Schwung.

Das kam so unerwartet, dass ich lachen musste. In unserm sauberen Tiefkühlfach gefror Katjas Spucke zwischen einem Päckchen Rosenkohl und den chinesischen Frühlingsrollen.

Auf einmal fühlte ich ein warmes Prickeln im Bauch aufsteigen. Beim Lachen hatte ich die Verkrampfung losgelassen.

Wir nahmen uns eine Portion Vanilleeis und schütteten Himbeersoße darüber. Katja gab dazu ein Konzert aus Schmatz-, Grunz- und Quietschtönen ab. Ich aß auch gerne Eis, aber ausflippen konnte ich dabei nicht. Katja brachte sich bei allem, was sie tat, voll ein, selbst bei so etwas Alltäglichem wie Eisessen. Sie lebte in vollen Zügen.

»Ich finde es toll, dass du immer so fröhlich bist«, sagte ich. »Obwohl es dir oft mies gegangen ist. Denkst du nicht mehr an deine Kindheit?«

»Nur wenn es sein muss. Erinnern bringt nichts. Leben findet jetzt statt. Seit ich bei euch wohne, geht es mir super. Soll ich nicht fröhlich sein, Susi-Sauer?«

»Klar sollst du. Aber ich lebe immer hier und deshalb ist vieles zur Gewohnheit geworden.«

»Du sagst es.« Sie leckte genüsslich mit der Zunge durch die rote Soße. »Für mich ist hier Schlafariland, oder wie das heißt.«

»Irgendwann wirst du dich auch daran gewöhnt haben.«

»Nee, kein Stück.« Katja schüttelte die Haare aus dem Gesicht. »In meinem Leben hat noch nie etwas so lange gedauert, dass es Stinke-Langeweile wurde.«

»Dein Bruder«, fragte ich zögernd, »ist der auch so wie du?«

Sie hörte auf zu lecken. »Buddi meinst du?« Ihre Augen begannen zu flackern. Sie wirkte irgendwie sprungbereit.

»Ja, Buddi, wer denn sonst? Oder hast du noch einen Bruder, von dem ich gar nichts weiß?«

»Nein, nein, nur Buddi. Ich habe nur Buddi. Er ist ein Traumbruder. So einen gibt es auf der ganzen Welt nicht noch einmal.«

»Ich wollte eigentlich nur wissen, ob er dir ähnlich ist in seiner Art.«

»Warum denn nicht? Er ist noch viel fröhlicher als ich. Alles, was ich weiß, hat er mir beigebracht. Buddi ist irre klug. Und immer, wenn ich ihn brauche, redet er mit mir. Bis alles wieder stimmt. Hier drinnen, meine ich.« Sie tippte sich gegen die Brust. »Buddi lässt mich nie im Stich.«

Ich fand die Antwort seltsam. Dieser Buddi musste der reinste Wunderknabe sein. Ich dachte an die Bemerkung von Frau Bliesmann über ihn. »Hast du ihn wirklich am Samstag getroffen?«, fragte ich.

»Ja!! Ich weiß, du glaubst mir nicht. Ist mir ehrlich gesagt schnurzpiepegal. Ob ich auf Trebe bin oder mal wieder im Nonnenbunker stecke – Heim meine ich –, Buddi findet mich immer. Wir haben einen inneren Draht. Das kann man nicht erklären. Ist eben so, Schlussbum-aus. Lass Buddi in Ruhe und mich gefälligst auch.«

Katja zog sich jetzt das Eis rein, ohne Appetit und Freude. Ich wollte sie nicht nerven und bohrte deshalb nicht weiter nach. Obwohl meine Neugierde auf Buddi eher noch größer geworden war. Hoffentlich besuchte er seine Schwester bald einmal. Vielleicht zu Weihnachten. Ich wollte ihn unbedingt kennen lernen.

»Da war doch was mit deinem Alten«, wechselte Katja das Thema. »Stunk, nehme ich an.«

»Ach, so schlimm war es nicht. Er will sich am Sonntag mit mir treffen, bei sich zu Hause oder sonst wo. Ich will aber lieber, dass er hierher kommt.«

»Richtig!«, sagte Katja. »Geh nie zu ihm nach Hause. Da hat er dich in der Hand.«

»Quatsch!« Ich fand ihre Bemerkung lächerlich. »Ich möchte, dass er hierher kommt, damit es für kurze Zeit wie früher ist, wie Familie eben. Außerdem lernst du ihn dann auch kennen.«

»Deine Ma ist lieb, du bist lieb, auf deinen Alten kann ich verzichten.«

»Wieso? Mein Vater ist auch lieb. Nur weil er sich nicht mehr mit meiner Mutter verträgt, ist er doch nicht gleich ein Ungeheuer. Echt, Katja, manchmal reagierst du seltsam.«

Sie stellte den leeren Teller aus der Hand und zündete sich eine Zigarette an. »Kann schon sein«, sagte sie schnippisch. »Das musst du selber regeln. Mein Alter ist es ja nicht. Ich gehe ins Juze. Bis später also.«

Sie verließ mit brennender Zigarette im Mund das Wohnzimmer. Ma hatte sie gestern erst an die Abmachung erinnert, nur in der Bärenhöhle zu rauchen und die Kippen in die Mülltonne zu werfen. Heute quoll der Aschenbecher auf ihrem Schreibtisch schon wieder über. Und zu lüften vergaß sie ständig.

Als Katja bei uns einzog, hatte sie meiner Mutter angeboten das ganze Haus zu putzen. Ma hatte das abgelehnt. »Du kannst mit Susanne nach dem Mittagessen das Geschirr spülen. Außerdem halte dein Zimmer in Ordnung. Mehr brauchst du hier nicht zu machen. Ich verlange von dir nichts anderes als von meiner Tochter.«

Aber so lief das keineswegs. Nach dem Mittagessen verschwand sie regelmäßig in der Bärenhöhle, weil die Zigarette angeblich nie besser schmeckte als gleich nach dem Essen. Ich konnte allein mit dem Abwasch beginnen. Und wenn ich sie nicht zum Abtrocknen holte, vergaß sie es einfach. Sie vergaß alles, was ihr unangenehm war, die miesen Erlebnisse aus der Vergangenheit ebenso wie das Abtrocknen, das Aufräumen oder das Lüften.

Wenn Ma eine entsprechende Bemerkung fallen ließ, brachte sie sofort ihr Zimmer in Ordnung. Wenn ich die Treppe hinauf rief: »Komm zum Abtrocknen«, erschien sie augenblicklich in der Küche. Sagten wir nichts, tat sie auch nichts.

Ich war mir nicht im Klaren darüber, ob sie es

wirklich vergaß oder ob sie nur unverschämt gleichgültig war.

Nachdem Katja zum Treffpunkt gegangen war, setzte ich mich widerwillig ans Klavier. Diese blöden Fingerübungen! Ich hatte überhaupt keine Lust. Hausaufgaben mussten sein, das sah ich ein, ebenso wie Zähneputzen, Bettwäschewechseln oder hin und wieder Staubwischen. Aber dieses Geklimper kotzte mich an. So hätte Katja das genannt. Ich fing schon an in ihrer Sprechweise zu denken. Sie würde nicht üben. Sie würde es vergessen, jeden Tag aufs Neue.

Wütend klappte ich den Deckel über die Tasten, ging in mein Zimmer und warf mich auf mein Bett. Mit Schuhen. Ich tat es, weil ich wusste, dass meine Mutter sich darüber ärgern würde. Es war die Rache für das Klavierspielenmüssen.

Aber Ma war wieder mal beim Friseur und die Rache damit wirkungslos. Wenn sie nach Hause kam, in eine Wolke von Haarspray gehüllt, würde sie fragen: »Susannc, hast du geübt?« Und irgendwann würde Dad wieder anrufen und fragen: »Mein Kind, hast du es dir überlegt?«

Und Susanne, die liebe, die brave, würde Ja sagen zu allem, was die Eltern wollten. So lief das immer ab, wie eine Dressurnummer im Zirkus. Susanne, die liebe, die brave – nee! Ich hatte den Zirkus satt.

Wütend stand ich auf. Mein Magen krampfte

sich zusammen. Trotzdem wählte ich Daddys Nummer. Es war mir beinahe schon gleichgültig, ob aus unserm Sonntagstreffen etwas wurde. Er musste begreifen, dass ich auch einen Willen hatte und eigene Vorstellungen von meinem Leben. Ich wollte mich nicht mehr lenken und leiten lassen wie eine Marionette. Ja, das würde ich ihm sagen. Jetzt sofort.

Vor lauter Aufregung verwählte ich mich. Nicht aufgeben, hämmerte ich mir ein. Beim zweiten Versuch hatte ich ihn an der Strippe. Ohne jede Vorrede legte ich los. »Daddy, ich habe mir ganz genau überlegt, was ich will. Komm bitte am Sonntag zu mir. Du brauchst mich nur abzuholen und anschließend können wir zu dir fahren. Aber es ist für mich wichtig, dass du kommst. Für mich muss schließlich auch etwas wichtig sein, selbst wenn du das anders siehst.«

Ich wollte noch mehr sagen, ihm erklären, was mich bedrückte. Zum Beispiel, dass ich nur zu Fräulein Wunderlich ging, weil er und Ma das wollten. Aber ich geriet ins Stocken. Ich war zu nervös.

Dad blieb ganz ruhig. Das Einzige, was er antwortete, war: »Ich werde mit deiner Mutter darüber reden. In Ordnung?«

»Ja, in Ordnung.«

7

Wir zündeten die zweite Adventskerze an. Die gestickte Decke lag wieder auf dem Esstisch und mein Vater kam zu Besuch. Ich wusste nicht, was meine Eltern miteinander besprochen hatten. Es ging mich auch nichts an. Sie *hatten* miteinander gesprochen. Nur das war wichtig. Und Dad betrat wieder unser Haus.

Trotzdem fühlte ich keine so überschwängliche Freude, wie ich mir das vorher in Gedanken ausgemalt hatte. Ich war viel zu aufgeregt. Gefühle sind unberechenbar. Man kann sie sich nicht vornehmen. Jedenfalls ich kriege das nicht hin.

Außerdem hatte Katja mich geärgert. Als ich ihr erzählte, dass mein Vater kommen würde, zog sie abfällig die Mundwinkel nach unten: »Deine Angelegenheit.«

Klar, das war meine Angelegenheit und nicht ihre. Aber ich hatte erwartet, sie würde verstehen, wie viel dieser Besuch für mich bedeutet. Ein bisschen konnte sie sich auch mal über meine Angelegenheiten freuen, fand ich. Das sagte ich ihr auch.

»Wie schön für dich«, antwortete Katja. Nichts weiter. Sie war richtig gemein.

Als es klingelte, lief der Kassettenrecorder in der Bärenhöhle auf voller Lautstärke. Katjas Anwesenheit war im ganzen Haus zu hören, aber sie selbst ließ sich nicht blicken.

Daddy humpelte und stützte sich auf einen Stock. Er hatte sich beim Tennisspielen eine Bänderzerrung am Fuß zugezogen. Sein Sportunfall war ein willkommenes Gesprächsthema um die Befangenheit abzuschütteln. Dad witzelte über sich selbst: »Die Knochen werden morsch, die Haare fallen aus. Ja, ja, der Lack ist ab.«

Ma und ich lachten. Nicht aus Freude, sondern so, wie bei uns in der Familie meist gelacht wird – abgehackt. Es half uns trotzdem gegen die Verkrampfung.

Daddy setzte sich aufs Sofa und lehnte seine Krücke an einen Sessel. Ma nahm die Kognakflasche und zwei Gläser aus dem Schrank. Für »das Kind« gab es selbstverständlich keinen Alkohol. Ich trug es mit Fassung. Kognak schmeckte mir sowieso nicht.

»Nun hol doch mal Katja«, sagte Dad, als Bänderzerrung und Kognak kein Thema mehr waren.

Ich lief nach oben. »Kommst du? Mein Vater ist da.«

»Muss ich ihn begaffen?«, fragte sie. »Bisher habe ich immer nur Ausschussware vorgefunden, wenn es um Väter ging. Aber deiner scheint ein Sonntagsexemplar zu sein.«

Katja ging neben mir die Treppe hinunter. An der Wohnzimmertür blieb sie stehen. Ich schob sie in den Raum und spürte dabei ihren Widerstand. Sie schien verlegen zu sein. Das hatte ich bei Katja noch nie erlebt.

Auch Dad spürte ihre Unsicherheit. Er setzte das Glas ab und griff nach seiner Krücke.

Katja atmete heftig. Sie wich rückwärts bis zur Tür. Ihre Finger krallten sich in meinen Arm. In ihrem Gesicht stand das blanke Entsetzen.

Dad kam auf uns zu. Der Stock pochte bei jedem Schritt auf dem Parkettfußboden. Katja ließ mich los. Sie stolperte aus dem Zimmer, lief die Treppe hoch und knallte die Tür der Bärenhöhle zu. Ich hörte, wie sie von innen abschloss. Ma und ich sahen uns verständnislos an.

»Ist sie immer so scheu?«, fragte Dad. »Ich hatte den Eindruck, dass sie sich vor mir fürchtet. Was soll das?«

»Nein, so ist sie normalerweise nicht«, versicherte Ma. »Im Gegenteil. Ich frage mich auch, was in sie gefahren ist. Susanne, geh mal zu Katja und erkundige dich, was los ist.«

Ich lief die Treppe hoch. »Katja, schließ auf und lass mich rein.«

Sie antwortete nicht. Ich konnte sie durch die Tür weinen hören.

»Nun mach schon auf.« Ich rüttelte an der Türklinke. »Du brauchst keine Angst zu haben. – Komm, lass mich zu dir. Eh, du hörst mich doch. Was ist denn los? Meine Eltern sitzen unten. Nur ich allein will mit dir reden, aber bitte nicht durch die verschlossene Tür. – Katja!!«

Das Weinen ging in Schniefen über. Sie drehte schließlich den Schlüssel herum, schloss aber sofort wieder hinter mir ab. Dann warf sie sich auf ihr Bett und schluchzte hemmungslos ins Kopfkissen.

Ich streichelte sie, legte den Arm um ihre Schulter, so weit das möglich war, und versuchte sie zu beruhigen. »Du, was ist denn nur passiert?«

Sie schluchzte so sehr, dass sie kein Wort herausbrachte. Ich kam mir unbeholfen vor, weil ich mir beim besten Willen nicht vorstellen konnte, was sie so aus der Fassung gebracht hatte. Es dauerte eine ganze Weile, bis sie etwas ruhiger wurde.

»Willst du 'ne Zigarette?«, versuchte ich sie abzulenken. »Rauchen hilft bei Problemen. Das hast du selber behauptet.« Das sollte ein Witz sein, einfach nur was Komisches, damit sie endlich aufhörte zu weinen.

Es gelang mir auch. Sie setzte sich auf und putzte die Nase. »Auf der Fensterbank liegen meine Retten«, sagte sie schließlich.

Ich zündete ihr eine an, paffte zwei Züge, dann gab ich sie ihr. Sie zog den Rauch tief ein.

»Ich hab's gewusst«, stieß sie hervor. »Noch ehe ich deinen Alten gesehen habe, wusste ich es.«

»Was denn nur, um alles in der Welt!«

»Der Stock, die Schnapsflasche auf dem Tisch, und eine Glatze hat er auch. Wie der Macker von meiner Mutter, der immer auf mir rumgeprügelt hat. Einmal hat er mich fast umgebracht mit der Flasche und dem Stock. Ich bin durchs Fenster gesprungen, durch die Scheibe. Hier, die Narben an meinem Unterarm sind eine lebenslängliche Erinnerung. Seitdem raste ich aus bei Vätern mit Glatze und Stock und Flasche.«

Mir lief eine Gänsehaut über die Arme. Frau Bliesmann hatte die Gewalttätigkeit von Katjas Stiefvater erwähnt, aber ich hatte mir nie vorgestellt, was das bedeutet. Ich hatte es einfach verdrängt. Jetzt war ich so entsetzt, dass ich nur ungeschickt stammeln konnte. »Du, das habe ich nicht gewusst. Ich wollte nicht ... aber glaub mir, mein Vater prügelt nicht. Er hat sich den Fuß beim Tennisspielen verletzt. Dad ist nicht brutal, bestimmt nicht.«

»Kann schon sein.« Sie zog geräuschvoll die Nase hoch. Ihre Hand zitterte. Die Zigarettenasche fiel auf den Boden. »Es nützt mir wenig, wie der da unten wirklich ist. Wenn ich so einen sehe, kommt die Scheiße wieder in mir hoch, die Erinnerung an Prügel, die Schnapsflaschen überall, das voll gekotzte Klo, der Gestank und Dreck. Ich habe nie mit jemandem darüber geredet, außer mit Buddi. Der hat noch mehr abgekriegt, das kannst du mir glauben.«

Es war das erste Mal, dass sie die Grausamkeit erwähnte, der sie als Kind ausgesetzt gewesen war. Immer bewunderte ich sie wegen ihrer Fröhlichkeit und dachte gar nicht darüber nach, wie viel Leid sie trotzdem wegsteckte. »Leben findet jetzt statt«, hatte sie vor wenigen Tagen ganz locker behauptet. In diesem Augenblick kam es mir vor, als ob ihre Fröhlichkeit eine Art Hilfsmittel zum Überleben war. Wenn es ihr gut ging, tankte sie Kraft und fühlte sich stark. Dann vergaß sie die miesen Erlebnisse ihrer Kindheit. Bis sie plötzlich wieder hochkamen. Aber auch Buddi schien ihr irgendwie Weise dabei zu helfen.

»Na, nun guck nicht wie ein halb ersoffener Kater«, motzte sie mich schon wieder einigermaßen gefestigt an. »Mach dir einen schönen Tag mit deinem Alten. Väter sind nun mal nicht mein Fall. Was soll das Ganze auch noch? Die Zeiten sind vorbei, wo ich dringend so einen Vatertyp gebraucht hätte.«

Ihre Stimme klang fast normal. Sie schluchzte auch nicht mehr. Katja war schon wieder auf dem Weg in ihre Alltagsfröhlichkeit. Es war unglaublich, wie schnell ihr das gelang. Wenn ich aus der Fassung geriet, dauerte das Stunden, manchmal sogar Tage. Bei Ma war es dasselbe. Wir konnten unseren Kummer nicht loslassen, jedenfalls nicht so schnell wie Katja. Wir waren lange nicht so stark wie sie.

Langsam wurde ich etwas ungeduldig. »Mein Vater wartet auf mich. Kommst du mit nach unten?«, drängelte ich. »Er ist kein mieser Typ und er will dir doch nur Guten Tag sagen.«

Sie schüttelte den Kopf. »Nee, Susi, ohne mich. Verschone mich damit.«

»Meinetwegen, wenn du nicht willst, dann lass es. Aber, verflixt noch mal, nenn mich nicht dauernd Susi. Ich kann den Namen nicht ausstehen. Gewöhn dir das endlich ab.«

Katja sah mich an. Sie lächelte lieb und sanft. »Nee, Susi«, sagte sie.

Manchmal war sie ein Biest.

Ich ging zu meinen Eltern, die schweigsam im Wohnzimmer saßen, und erzählte, was Katja so aufgeregt hatte.

Dad war sehr bestürzt. »Da wird sie noch Jahre brauchen um den Schock zu überwinden«, meinte er. »Es hat bestimmt keinen Sinn, wenn ich versuche noch einmal mit ihr zu sprechen. Am besten verschwinden wir gleich, damit sie sich wieder aus dem Zimmer traut.«

Wir beschlossen ins Kino zu gehen. Dad musste seinen Fuß schonen. Hinter dem Kino war ein großes Parkhaus. Er brauchte also nicht weit zu laufen. Meine Mutter blieb zu Hause, aber das hatte ich auch nicht anders erwartet.

Abends setzte mich Daddy wieder vor der Haustür ab. Bevor ich aus dem Wagen stieg, drückte er mir zwei Zwanzigmarkscheine in die Hand. »Einer ist für Katja«, sagte er. »Ich denke, sie kann Geld brauchen, und vielleicht hebt das ihre Meinung über Väter ein bisschen. – Na, und du wirst wohl auch Verwendung dafür finden.« Ich wusste, dass Katja sich über das Geld freuen würde. Sie war ständig pleite. Mir war unerklärlich, wo sie ihr Taschengeld ließ. Ihr auch. Daddy hatte also genau den richtigen Einfall gehabt um ihr eine Freude zu machen.

Aber ich konnte ihr das Geld nicht gleich geben. Sie war nicht in der Bärenhöhle, als ich hineinschaute. Ma wusste auch nicht, wohin sie gegangen war. Katja hatte sich davongeschlichen, kurz nachdem ich mit meinem Vater weggefahren war. In meinem Zimmer fand ich einen Zettel von ihr: Habe deinen roten Pullover ausgeliehen. K.

Seltsam. Was wollte sie mit meinem Pullover? Vielleicht draußen übernachten? Er war sehr dick und warm. Wir hatten ihn im letzten Skiurlaub gekauft, kurz bevor Dad ausgezogen war. Vielleicht war das der Grund, warum ich an dem Pullover besonders hing. Er war allerdings auch sehr schön. Katja hatte nicht viel, aber doch ausreichend warme Bekleidung. Sehr kalt war es heute gar nicht. Ich konnte mir wirklich nicht erklären, warum sie mit meinem Pullover verschwunden war.

Na ja, das sollte sie mir selber erklären, wenn sie zurückkam. Es wurde langsam Zeit. Ma hatte sich schon für die Nacht zurechtgemacht. Wir saßen noch eine Weile unschlüssig auf dem Sofa, dann ging ich in mein Zimmer. Ma knipste alle Lichter aus.

In dieser Nacht kam Katja zum zweiten Mal nicht nach Hause.

Sie erschien erst am nächsten Morgen, pünktlich zum Frühstück. Mit frischen Brötchen! Sie war bester Laune. Mein Pullover stand ihr gut.

Ma funkelte sie an. Der reinste Gewitterblick. »Wo warst du?«

»Bitte kein Verhör.« Katja hob beschwörend die Hände. »Ich habe Brötchen geholt. Freut ihr euch?«

»Lenk nicht ab.« Meine Mutter wurde laut. »Ich will wissen, wo du warst.«

Katja lächelte sanft. »Ich hatte etwas zu erledigen. Und nun bin ich wieder hier. Die Aufregung lohnt sich nicht mehr.«

Ma schnappte nach Luft. »Hast du vergessen, dass ich dich jederzeit vor die Tür setzen kann? Ein Anruf beim Jugendamt, und du kommst wieder ins Heim.«

»Ja, ich weiß«, sagte Katja ganz ruhig.

»So, das weißt du!« Ma konnte es offensichtlich nicht fassen, wie gelassen Katja blieb. »Und trotzdem treibst du dich nachts wer weiß wo herum? Wie kannst du nur deine Zukunft so leichtfertig, so dumm aufs Spiel setzen?«

Katja dachte einen Augenblick nach. Ihr Gesichtsausdruck war ganz ernsthaft. »Die Zukunft kann man nicht aufs Spiel setzen«, überlegte sie laut. »Zukunft geschieht einfach. Ob einer dumm ist oder klug, das ist der Zukunft ganz egal.«

»Katja, was soll das unsinnige Gerede? Du weißt genau, was ich meine«, schimpfte Ma.

»Nein, das weiß ich nicht.«

»Schön, dann werde ich es dir erklären. Hör gut zu.« Ma setzte sich Katja gegenüber an den Tisch. »Es gibt Leute, die haben ein gemütliches Haus, ein festes Einkommen, Bequemlichkeit, Versicherungen gegen Krankheit, Unfall, Diebstahl. Sie leben gut, so wie Susanne und ich. Und es gibt Leute, die haben überhaupt kein Zuhause, kein Geld, keine Bequemlichkeit, keine Versicherungen für Notfälle. Sie leben schlecht, so wie du bisher. Weißt du jetzt, was ich meine?«

Katja antwortete nicht.

»Wir haben dich bei uns aufgenommen um dir zu helfen«, fuhr Ma fort. »Du selbst hast dir das gewünscht. Das kannst du doch wohl nicht vergessen haben.«

Katja antwortete noch immer nicht.

»Aber du musst das Herumtreiben aufgeben. Du musst dich an die Regeln eines geordneten Lebens gewöhnen«, sagte Ma leise und eindringlich. »Beides kann man nicht haben, die Freiheit eines verlotterten Lebens *und* die Sicherheit einer geordneten Existenz. Du musst dich für eins entscheiden, jetzt entscheiden, Katja. Eine zweite Chance, dein Leben in andere Bahnen zu lenken, wirst du wahrscheinlich nicht bekommen. Überleg dir gut, was du willst.«

Meine Mutter stand auf und holte Frühstücksgeschirr aus der Küche. Sie deckte den Tisch. Katja saß tief in Gedanken versunken auf ihrem Stuhl.

»Man kann sich gar nicht entscheiden«, murmelte sie nach einer Weile. »Das meint man nur.« Sie schien eher zu sich selber zu sprechen als zu Ma oder mir. »Irgendwo ganz tief in mir, da sitzt etwas, das lenkt und treibt mich. Ich weiß nicht, was das ist. Ich fühle es nur.«

Ma beugte sich zu Katja herunter und sah ihr fest in die Augen. »Das muss man überwinden. Mit Dis-zi-plin.«

»I-i-i!«, sagte Katja und schüttelte sich. Dann sprang sie auf und lief die Treppe hoch. Kurz darauf kam sie mit ihrer Schultasche wieder herunter. »Ich muss los«, sagte sie. »Hausaufgaben abpinnen. Also, bis später.«

Sie klaute mein Marmeladenbrötchen, lachte und war schon aus dem Zimmer.

Ma sah ihr nach und schüttelte den Kopf.

»Wenn ich bloß wüsste, ob sie ein grenzenloses Vertrauen hat«, murmelte sie, »oder ...«

»Oder was?«, fragte ich.

»... oder nur unglaublich dreist ist.«

»Sie ist anders als wir, einfach nur anders. Manchmal denke ich sogar, sie ist viel lebenstüchtiger«, sagte ich.

»Das ist es ja gerade, sie ist der positivste Mensch, den ich kenne, und gleichzeitig asozial.« Ma verschüttete fast ihren Kaffee. »Warum kann sie nur das Streunen nicht lassen? Das kann doch nicht schön sein. Ich muss mit Frau Bliesmann darüber sprechen.«

Doris tauchte plötzlich in meinen Gedanken auf. Mit ihr hatte ich mich gut verstanden, weil wir uns sehr ähnlich waren. Katja war meine Freundin geworden, weil wir uns so unähnlich waren. Das klang verrückt, aber genauso war es.

»Hast du Katja eigentlich gern?«, fragte ich Ma aus meinen Überlegungen heraus.

Sie nickte. »Wenn dieses dumme Kind die ganze Nacht wegbleibt, kann ich vor Angst um sie nicht schlafen. Ich will sie nicht verlieren.«

Diese Antwort beruhigte mich einigermaßen. Ich wollte Katja nämlich auch nicht verlieren. Da waren wir uns ausnahmsweise einig, Ma und ich.

Beim Mittagessen sorgte Katja bereits für eine neue Überraschung. Sie kam mit einem sackähnlichen Pullover aus der Schule nach Hause. »Ist der nicht super?« Sie drehte sich vor dem Spiegel und setzte dabei eine komisch-frivole Miene auf. »Ich bin der richtige Typ für dunkle Farben. Von dem nächsten Kleidergeld kaufe ich mir schwarze Stöckelschuhe mit bleistiftdünnen Absätzen.«

»Und wo hast du meinen roten Pullover gelassen«, wollte ich wissen.

»Getauscht.«

»Wie – getauscht, spinnst du?«

Katja krempelte die Ärmel hoch und zupfte den schwarzen Sack zurecht, der reichlich zipfelig an ihr herunterhing. »In meiner Klasse ist eine, die trägt gern Rot, und ich mag nun mal Schwarz. Da haben wir getauscht. Einfach so.«

»Einfach so! Das darf doch wohl nicht wahr sein. Das ist mein Lieblingspullover!«

»Schrei nicht gleich los«, sagte Katja. »Natürlich nur ausgeliehen. Du kriegst dein rotes Teil zurück. Keine Bange!«

Jetzt schaltete sich auch meine Mutter ein. »Du kannst dir unmöglich von Susanne Bekleidung ausleihen – ohne zu fragen – und sie dann auch noch weitergeben. Sag mal, legst du es darauf an, Ärger zu kriegen?«

Katja ließ die Schultern hängen und zupfte noch immer an sich herum. Das wirkte allerdings nicht mehr verspielt, sondern nervös. Sie sah mich bekümmert an.

»Im Heim haben wir das immer gemacht«, murmelte sie. »Ich will keinen Ärger, bestimmt nicht. Warum ist denn Tauschen so schlimm? Das verstehe ich nicht.«

»Katja, denk mal nach«, fuhr Ma sie an. »Wenn sich Susanne von dir etwas nehmen würde um es dann ungefragt weiterzuverleihen, was würdest du dazu sagen?«

»Ich fände das okay.«

»Nein, Katja, das kannst du mir nicht einreden«, sagte Ma mit Bestimmtheit. »Jeder Mensch hat ein Gefühl für Besitz, jeder Mensch hat Lieblingssachen. Du auch.«

Katjas Augen wurden schmal. Ihre Miene wirkte abweisend, fast verächtlich. »Nein, ich nicht. Im Heim besitzt man nur Krempel. Wenn ich auf Trebe war, konnte ich nichts mitnehmen. Wenn ich zurückkam, war alles geklaut. Lieblingssachen – was ist das?«

Ma war sichtlich erschüttert. Sie nahm Katja in die Arme. »Hast du denn gar nichts, was nur dir gehört, dir ganz allein, etwas, was dir wichtig ist?«

»Doch, etwas ganz, ganz Wichtiges«, sagte Katja leise. Sie lächelte sanft. »Es ist viel schöner als ein Pullover.«

»Sagst du uns, was es ist?«, fragte Ma.

Katja schüttelte den Kopf. Sie lächelte noch immer sanft und schien in Gedanken weit weg zu sein. Ich war sicher, dass sie an ihren Bruder dachte.

»Hast du ihn gestern getroffen?«, fragte ich

sie nach dem Mittagessen, als Ma gerade nicht in der Nähe war.

Katjas Augen begannen zu flackern, wie immer, wenn von Buddi die Rede war. Ich hatte seinen Namen gar nicht genannt, trotzdem wusste sie sofort, dass ich ihn meinte.

»Du kennst mich gut«, sagte sie. »Ich musste mit ihm reden, wegen gestern. Mein Ausraster bei deinem Alten, wenn so etwas in mir hochkommt, brauche ich Buddi.«

»Warum lädst du ihn nicht mal zu uns ein? Ma hat bestimmt nichts dagegen, wenn es dein Bruder ist.«

»Was soll das heißen, wenn es dein Bruder ist?« Sie funkelte mich wütend an. »Du glaubst mir nicht. Ich hätte dir nie von Buddi erzählen sollen.«

»Doch, ich glaube dir. Lad ihn ein«, sagte ich fest.

»Warum bist du so scharf auf ihn? Du glaubst mir eben nicht. Gib es zu.«

»Also, Katja, wenn es um deinen Bruder geht, hast du irgendwie 'ne Macke.« Ich konnte mich nicht bremsen ihr das ganz deutlich zu sagen.«

»So, hab ich das?«

»Frau Bliesmann sagt, er sei verschwunden. Sie glaubt sogar, dass er gestorben ist. Wenn das nicht stimmt, dann sag ihr endlich die Wahrheit.«

Katja fing an zu lachen, laut und hemmungslos. Sie bog sich, hielt sich den Bauch vor Lachen. Es war ein unbändiges, verrücktes Gelächter, aber fröhlich war es nicht. Ihr liefen Tränen übers Gesicht. Ich war mir nicht sicher, ob es Lachtränen waren.

»Entschuldige«, murmelte ich. »Das Jugendamt muss selbstverständlich nicht alles wissen. Ich will bestimmt nicht, dass Buddi Probleme kriegt. Nun hör endlich mit dem Gewieher auf.«

Sie brach ab. Mit halbwegs normaler Stimme fragte sie: »Weißt du jetzt, warum ich ihn nicht mitbringe?«

»Ich kann es mir ungefähr denken«, sagte ich, aber das war gelogen. Buddi wurde mir langsam unheimlich.

8

Es wurde Zeit für Weihnachtseinkäufe. Es wurde sogar schon sehr dringend Zeit. Heute in einer Woche war Heiligabend. Das Päckchen für Doris musste zur Post. Ich wollte ihr Umweltbriefpapier schenken oder ein Buch. Aber das musste ich noch kaufen. Ma wünschte sich einen Schal, passend zu ihrem neuen Wintermantel. Womit ich Dad eine Freude machen konnte, war mir noch völlig schleierhaft. Vielleicht sah ich etwas, was er gebrauchen konnte, wenn ich durch die Läden streifte. Nur für Katja hatte ich schon ein Geschenk – ein Möwenposter. Das konnte sie sich über ihrem Bett an die Wand pinnen.

»Die Tischtennisstunde lasse ich heute sausen und mache Weihnachtseinkäufe«, sagte ich zu Ma. »Ich will gleich nach dem Mittagessen los.«

»Da komme ich mit«, entschied Katja begeistert. »Einkaufen ist super.«

»Meinetwegen«, willigte ich ein. »Aber eines sage ich dir gleich, ich leihe dir kein Geld, nicht eine Mark. Du hast fest versprochen deine Schulden bis Weihnachten zurückzuzahlen. Ich merke nur nichts davon.«

Katja sah mich beleidigt an. »Was pustest du dich so auf? Bis dahin habe ich noch sieben Tage Zeit. Oder etwa nicht?«

»Das schon«, gab ich zu. »Aber kannst du mir mal verraten, wie du das machen willst, nachdem du dein Taschengeld längst wieder ausgegeben hast?«

Katja zog es vor, darauf nicht zu antworten.

Als wir unterwegs zur Innenstadt waren, wo die meisten Geschäfte lagen, hakte sich Katja bei mir ein. »Du, Sanne, heute machen wir uns mal einen richtigen fetzigen Nachmittag«, sagte sie. »Was hältst du davon?«

»Nichts«, entschied ich. »Ich muss unbedingt Weihnachtseinkäufe machen.«

»Logo! Ich auch.«

»Also heben wir uns das Fetzige lieber für ein anderes Mal auf«, schlug ich vor.

»Wieso denn? Hast du noch nie fetzig eingekauft?« Katja sah mich von der Seite an. In ihrem Blick lag wieder das eigenwillig Lauernde, was sie immer bekam, wenn sie etwas ganz Bestimmtes vorhatte. »Na ja, ich merke schon, bei dir läuft so was immer stinknormal ab«, sagte sie.

»Ich weiß nicht, was du meinst«, gab ich leicht gereizt zurück.

»Dann lass dich überraschen.«

Katja steuerte zielstrebig auf ein großes Kaufhaus zu. Direkt neben dem Eingang stand ein Wühltisch mit Kinderstrumpfhosen. Katja stürzte sich voller Eifer auf die roten, grünen, blauen Dreierpacks, verglich Preise und Größen, nahm die Ware in die Hand, legte sie wieder weg und griff nach weiteren Teilen. Sie schien großes Interesse an Kinderstrumpfhosen zu haben.

»Was willst du damit?«, fragte ich sie.

»Nichts. Das ist nur zum Einstimmen.« Sie lachte, packte mich am Arm und schob mich weiter. »Kaufhäuser sind was Irres«, rief sie. »Diese Wühlerei macht mich total an. Guck mal, hier, 'ne lila Schreibmaschine! Susi, willst du eine lila Schreibmaschine?«

»Nun flipp nicht gleich wieder aus«, versuchte ich sie zu dämpfen. »Was soll ich mit einer Schreibmaschine? Briefpapier genügt mir.«

»Das muss da vorne sein«, sagte sie und schlängelte sich zwischen den vielen Menschen hindurch zur Papierabteilung. Ich kam kaum mit. An einem Ständer mit bunten Karten blieb sie stehen. »Guck mal, eine Glitzerkarte. Nein, hier, Kater Garfield als Nikolaus. Ist er nicht süß?« Sagenhaft schnell nahm sie verschiedene Karten heraus, steckte sie zurück, nahm weitere, gleich drei oder vier auf einmal. Dazu machte sie blöde Bemerkungen. »Schnucki-Putzi-Weihnachtsmaus. Susi, soll ich dir 'ne Karte zu Weihnachten schreiben? Willst du lieber verschneite Berge oder ein Neujahrs-Glückwunsch-Ferkel zum Aufklappen? – Mensch, ist das hier heiß!« Sie zog den Reißverschluss ihres Anoraks ein bisschen herunter. »Ach, Quatsch, Kater Garfield ist doch der Schönste. Ich hatte mal so ein Katzenvieh aus Plüsch. Ist weg, wie alles.« Sie hatte jetzt bestimmt sieben oder sogar zehn Karten in der Hand, drückte sich plötzlich gegen mich und ließ dabei die Garfieldkarte in ihrem Anorak verschwinden.

Mir schoss das Blut in den Kopf. »Bist du bekloppt?«

»Eigentlich hast du Recht«, sagte sie laut. »Wenn ich so viele Karten kaufe, reicht mein Geld nicht mehr für Geschenke.« Sie steckte alles, was sie noch in der Hand hielt, in den Ständer zurück. Dann schlenderte sie weiter zum Briefpapier.

Ich stolperte hinter ihr her. Mein Gesicht brannte. »Du bist übergeschnappt. Hier sind tausend Leute und Detektive oder sonst was für Aufpasser. Das kannst du nicht machen!«

Sie sah mich freundlich an. »Kann ich nicht?«, fragte sie herausfordernd und ließ dabei einen Kugelschreiber in ihren Ärmel rutschen.

Mir blieb die Luft weg. Meine Beine wurden schwer. Ich hatte das Gefühl, als ob meine Schuhsohlen am Boden festklebten.

»Wie findest du denn hellblaues Briefpapier?«, fragte Katja und hielt mir einen Block vors Gesicht. »Oder das mit dem schönen Baum auf den Umschlägen? Oder das gelbe? Auch nicht?«

»Ich weiß nicht, nein, ja – lass mich doch in Ruhe! Du machst mich verrückt. Ich kann alleine einkaufen.«

Sie schüttelte den Kopf und sah mich besorgt an. »Susi, du hast es mit den Nerven. Dagegen musst du was tun.«

»Wenn du mich noch einmal Susi nennst, raste ich aus«, fuhr ich sie an. »Dann klebe ich dir eine.«

»Schon gut, ich sag ja, du hast es mit den Nerven«, versuchte sie mich zu beruhigen. Sie nahm meinen Arm, als ob ich krank wäre und jeden Augenblick umkippen könnte.

Ich boxte sie in die Seite und riss mich los. Dann sah ich mir das Briefpapier an. Ich musste mich mit Anstrengung darauf konzentrieren. Schließlich nahm ich einen Block, der mir einigermaßen gefiel, und sah mich nach der nächsten Kasse um. Ich wollte hier raus. Mir war ganz flau von der stickigen heißen Luft. Der Schweiß rann mir über den Rücken. Ich bezahlte und drückte die Kaufhaustüte demonstrativ vor die Brust. Nun wollte ich nur noch raus.

Katja hielt mich am Ärmel fest. »Langsam«,

sagte sie. »Nur keine Panik. Du machst dir schon wieder vor Angst in die Hose. Was soll das? Dir passiert nichts dabei und ich stehe für mich selber ein, wenn's hart kommt. – Also, alles klar?«

Ich antwortete nicht.

»So, nun fahren wir nach oben zu den Klamotten«, ordnete Katja an.

Ich wollte nicht. »Hier ist es so heiß. Können wir nicht in einen anderen Laden gehen?«

»Jeder Laden ist heiß. Du musst einfach nicht daran denken, dass du schwitzt. Guck bloß mal, was hier alles rumliegt. Bei so viel Krempel kann man gar nicht eiskalt bleiben.«

»Hier ist es stickig und eng und du nervst mich«, jammerte ich. »Mit den Waren hat das gar nichts zu tun.«

»Du und deine ewige Muffelei!« Sie stampfte mit dem Fuß auf. »Mach, was du willst. Ich fahre jetzt mit der Rolltreppe nach oben. Wo du bleibst, ist mir schnurzpiepegal, Susi-Sauer.«

Sie quetschte sich neben einen Mann auf die Rolltreppe ohne sich noch einmal nach mir umzusehen. Ich ließ ein paar Leute vorbei, unschlüssig, was ich tun sollte. Na ja, dann fuhr ich doch hinter ihr her, weil – weil ich meistens tat, was Katja wollte.

Sie wühlte schon wieder. Diesmal in einem Haufen Pullover. Sie bemerkte gar nicht, dass ich mich hinter sie stellte. Katja war wie elektrisiert. Ihre Augen funkelten. Schon damals unter der Autobahnbrücke hatte ich dieses Intensive gespürt, das von ihr ausging. Jetzt war es wieder da.

Mit vier Pullovern verschwand sie in einer Umkleidekabine und kam mit dreien wieder heraus.

Ich stellte mich ihr in den Weg. »Da bist du ja«, sagte sie ohne Überraschung. »Warst du schon bei den Tüchern?«

»Nein.«

»Dann gehen wir jetzt ein schönes Teil für deine Ma aussuchen. Dieser Plunder ist mir viel zu groß.« Sie warf die Pullover zurück zu den andern.

Bei den Tüchern hielt sie sich zurück. Sie ließ mich allein aussuchen. »Komm, ich halte deine Tüte«, bot sie mir an.

Ich gab sie ihr. Die billigen Tücher gefielen mir nicht, die wirklich schönen waren zu teuer. Ein graurosa Seidenschal hatte es mir besonders angetan. Aber siebenunddreißig Mark achtzig – nein, danke! Schließlich schwankte ich zwischen einem anderen rosa Tuch und einem weinroten. Beide kosteten neunzehn Mark neunzig. Das graurosa Tuch hatte jetzt eine Frau neben mir in der Hand. Aber sie legte es auch wieder hin. Trotzdem war es mit einem Mal weg. Das Gedrängel war fürchterlich. »Welches würdest du nehmen?«, fragte ich schließlich Katja.

»Gar keins«, sagte sie spontan. »So einen Ramsch findest du überall. Lass uns noch woanders gucken.«

Ich zögerte.

»Ich kenne einen Laden ganz in der Nähe, der hat tolle Tücher spottbillig. Komm!«

Vielleicht hatte sie Recht. »Meinetwegen«, stimmte ich zu. »Nichts wie raus hier!« Ich zwängte mich zwischen Taschen und quengelnden Kindern durch zur Rolltreppe abwärts. Katja war dicht hinter mir.

»So, nun kannst du mir meine Tüte wiedergeben«, sagte ich zu ihr auf der Treppe.

»Aber gern.« Sie kicherte.

Im Erdgeschoss war das Geschiebe noch schlimmer als in der oberen Etage. Ich war froh, als ich endlich auf der Straße war. Die kühle Luft tat gut.

»Nun kriegst du aber nur noch die Hälfte von mir. Einverstanden?«, fragte Katja.

Ich verstand nicht, was sie meinte. »Die Hälfte wovon?«

»Na, von dem Geld.«

»Welches Geld?«

»Das du mir geliehen hast«, sagte Katja.

Ich wusste immer noch nicht, was sie meinte.

Katja amüsierte sich über mein dummes Gesicht. »Guck mal in deine Plastiktüte«, schlug sie vor.

In der Tüte lag das Schreibpapier, das ich für Doris gekauft hatte, außerdem ein Kugelschreiber, die Garfield-Weihnachtskarte und das graurosa Seidentuch für siebenunddreißig Mark achtzig. Und ich hatte die Tüte aus dem Kaufhaus getragen!

Das verschlug mir die Sprache. Durch meinen Kopf schossen die Gedanken wie Knallerbsen. Resozialisierungschance – peng – Ladendiebstahl – peng – streunende Katzen kann man nicht zähmen, Winterschlaf, Schule ist Pipikram, peng, peng, peng.

»Soll ich etwa meiner Mutter einen geklauten Schal zu Weihnachten schenken?«, schrie ich sie an.

»Leise!« Sie hob beschwörend die Hände. »Sieht man dem Teil vielleicht an, ob es bezahlt ist?«

»Natürlich nicht! Mensch, Katja, es geht dabei doch um – um das Prinzip.« Es ärgerte mich, dass ich wie Daddy redete. Das war mir so herausgerutscht. »Wenn das nun jeder machen würde.« Auch das hätte von meinem Vater sein können. Na und? Schließlich war ich seine Tochter. Und es stimmte doch!

Katja zuckte gleichgültig die Schultern. »Ich sehe das Problem nicht. Deine Leute halten die heilige Ordnung aufrecht und sie sind in der Mehrzahl.«

»Meine Leute, ja, ja, ich weiß, die Kümmerer.«

»Genau die«, stimmte Katja zu.

»Du verachtest uns«, warf ich ihr vor.

Katjas Gesicht nahm einen bestürzten Ausdruck an. »Nein, Sanne, bestimmt nicht. Ich habe dich und deine Ma lieb. Spürst du das denn nicht?«

»Manchmal spüre ich davon verflixt wenig.

Du machst dich über uns lustig. Kümmerer, heilige Ordnung und so. In deinen Augen sind wir beschränkte Spießer.«

Katja ließ den Kopf hängen. »Immer diese Missverständnisse«, murmelte sie sichtlich gekränkt.

Ich verstand nicht, was in ihr vorging. Schließlich hatte sie mich beleidigt und nicht umgekehrt.

An uns schoben sich die Menschen bepackt mit prallen Plastiktüten vorbei. Es war ein ziemliches Gedrängel und ich kam mir wie ein Verkehrshindernis vor. Ich packte Katja am Arm und versuchte sie aus dem Gewühl in eine Nebenstraße zu zerren, wo es ruhiger war. Sie befreite sich aus meinem Griff und blieb stur stehen.

»Du willst mich los sein«, sagte sie. »Gib es ruhig zu. Ich gehe jetzt gleich, auf der Stelle, und du siehst mich nie wieder.«

»Quatsch«, protestierte ich. »Übertreib nicht immer. Ich finde nur, du kannst nicht so einen Mist machen wie gerade eben, mich mit hineinziehen und dann auch noch beleidigen. Das lasse ich mit mir nicht machen. Auch nicht von dir.«

»So habe ich das nicht gemeint«, sagte sie und sah mich dabei fast so traurig an wie damals am Weidenbach. »Immer, wenn es irgendwo schön ist, kriechen die Missverständnisse aus dem Boden und machen alles kaputt.«

»Ich weiß nicht, was du meinst.«

»Ich wollte dir eine Freude machen«, murmelte sie kaum hörbar. »Hast du das denn nicht gemerkt?«

»Ja, irgendwie schon, aber . . .«

»Kein aber, Sanne«, unterbrach sie mich. »Jeden Tag versuche ich euch eine Freude zu machen, deiner Ma und dir, weil ihr mich aufgenommen habt, weil ihr mich aus dem Nonnenbunker befreit habt. Aber ihr merkt das gar nicht. Ihr kümmert euch ständig um euer Scheißgeld, Schule, Ordnung, lauter Kram und Krempel. Ihr seid davon schon ganz verkümmert. Ihr könnt euch gar nicht mehr richtig freuen.«

»So wie du können wir das nicht, das gebe ich ja zu«, lenkte ich ein. »Aber wir haben nun mal Probleme.«

»Probleme! Wer hat die nicht?«, brauste Katja auf. »Wenn ihr ständig vor euch hinkümmert, gehen die Probleme erst richtig auf wie ein Hefekuchen und Ableger kriegen sie auch noch.«

»Das ist ziemlich hart, was du mir da an den Kopf knallst«, sagte ich. »Du bist sauer auf mich.«

»Schon wieder ein Missverständnis.«

»Was willst du eigentlich? Sollen wir etwa so leben wie du, auf Trebe gehen? Kannst du dir das vorstellen? Glaubst du, dann wären wir fröhlicher?«

»Noch ein Missverständnis. Ihr sollt so bleiben. Genau so! Ich will euch nicht verändern.

Ich habe euch lieb, wie ihr seid. Aber ihr habt mich nicht lieb, wie ich bin. *Ihr* wollt mich total umkrempeln.«

»Ja – nein. Mensch, Katja, ich habe das Gefühl, wir reden völlig aneinander vorbei. Zu Anfang haben wir uns doch so prima verstanden. Ich finde es toll, dass du bei uns lebst, jeden Tag wieder. Ma ist längst nicht mehr so verkniffen und ich lasse mir auch nicht mehr alles gefallen. Was du über das Freuen gesagt hast, na ja, das stimmt leider. Aber es ist viel besser geworden. Echt, du hast uns schon angesteckt. Wenn du jetzt aber beim Klauen erwischt wirst, ist es aus mit der Freude.«

Sie machte eine wegwerfende Geste. »Mich hat aber keiner erwischt«, sagte sie und grinste breit. »Vergiss es. Darüber brauchst du dich nicht mehr aufzuregen. Das Tuch hast du. Nun kannst du dich darüber ärgern oder freuen, wie du willst.«

Ich packte sie an beiden Schultern und schüttelte sie. »Manchmal hast du ein Gemüt wie ein Nilpferd. Du machst dir das Leben verflixt leicht.«

»Und du machst dir das Leben schwer.« Katja zog meine Hände von ihren Schultern und hakte sich bei mir ein. Wir liefen im Strom der anderen Fußgänger mit. »Okay, in Zukunft bin ich brav«, versprach Katja. »Ich muss mich erst an die neuen Spielregeln gewöhnen. Auf Trebe gelten nun mal andere Gesetze. Ich lerne das schon noch. Obwohl ich manchmal das Gefühl habe, als müsste ich dazu meine Seele verkaufen, oder wie das Teil sonst heißt.«

Sie blieb brav an diesem Nachmittag. Der Rest des Einkaufsbummels war nicht mehr fetzig, sondern stinknormal.

9

Und dann kam der vierundzwanzigste Dezember. Ma hatte ihren Weihnachtsstress in der Küche, Festbraten, Kuchen, Plätzchen und Kartoffelsalat für Heiligabend. Alles gleichzeitig. So lief das jedes Jahr. Ma hielt sich daran fest. Sie brauchte das, ich nicht und Katja sicherlich auch nicht.

Aber Katja hatte auch ihren Stress. Sie war unruhig, tigerte durch das Haus, treppauf, treppab. Sie machte mich ganz kribbelig. Reden konnte man kaum mit ihr. Sie hörte gar nicht zu, murmelte mal »ja«, mal »nein«. In Gedanken war sie woanders. Es lag was in der Luft, das spürte ich.

Schließlich ging ich in den Keller und holte den Karton mit dem Christbaumschmuck. In den vergangenen Jahren hatten Dad und ich den Baum geschmückt. Heute sollte mir Katja dabei helfen. Als ich wieder hochkam, war sie verschwunden.

Buddi! Das musste kommen. Sie hatte ihn nicht erwähnt, aber ich war sicher, dass sie wieder unterwegs zu einem dieser geheimen Treffen mit ihrem Bruder war. Warum sagte sie nie Bescheid? Sie wusste doch, wie sehr Ma sich aufregte, wenn sie weglief. Dass sie Buddi nicht zu uns einlud, konnte ich ihr nachfühlen. Wahrscheinlich war es besser, wenn er nicht bei uns auftauchte. Bestimmt sogar. Denn Mas Typ war er vermutlich nicht. Aber Katja konnte wenigstens ein Wort sagen, damit meine Mutter sich keine Sorgen machte.

Ich hängte Kugeln und Lametta an den Baum. Die Kerzen standen alle schief. Es war mir egal. Meine Stimmung lag auch schief. Daddy hockte in seiner Bude, Ma und ich hockten hier und Katja geisterte mit dem blöden Buddi durch die Gegend. O du fröhliche!

Natürlich war Katja zum Mittagessen nicht zurück. Ma telefonierte mit Frau Bliesmann. Privat. Die Sache sah nicht gut aus. Frau Bliesmann versuchte meine Mutter zu beruhigen, das kriegte ich mit. Irgendwas hatten die beiden mit Katja vor, gleich nach den Feiertagen. »Psychologe«, sagte Ma zweimal. Sie gab Katja also nicht auf, sondern holte sich Hilfe. Weihnachtsstimmung stieg trotzdem nicht in mir auf.

Draußen wurde es still und dunkel. Im Wohnzimmer war alles für den Abend vorbereitet. Ma hatte ohne ein Wort zu verlieren den Tannenbaum nachbehandelt. Alles schön gerade und gleichmäßig. Die Geschenke lagen bunt verpackt darunter. Der Tisch war gedeckt und es roch nach Kartoffelsalat. Ma zwängte sich in ihr blaues Seidenkleid und legte die Perlenkette um. Dann setzte sie sich aufs Sofa. Wir warteten.

»Was ist mit Katja?«, fragte ich, weil ich das Warten nicht mehr aushalten konnte. »Hat Frau Bliesmann irgendwas Besonderes mit ihr vor?«

»Sie soll ein- oder zweimal in der Woche zu einem Psychologen gehen um mit ihm ihre Vergangenheit aufzuarbeiten. Es geht nicht anders. Wir dürfen uns von ihrer Fröhlichkeit nicht täuschen lassen. Wenn man Katja nur flüchtig kennt, hat man den Eindruck, dass sie die Erlebnisse ihrer Kindheit abgeschüttelt hat. Aber sie verdrängt alles nur. Du hast selber miterlebt, wie sie auf deinen Vater reagiert hat. Und immer diese Herumtreiberei! Das ist Flucht. Sie läuft vor ihrer Vergangenheit weg.«

»Sie trifft sich mit ihrem Bruder. Das ist kein Weglaufen«, wandte ich ein.

»Sie trifft sich nicht mit ihrem Bruder«, sagte Ma mit Bestimmtheit.

»Woher willst du das wissen?«

»Ihr Bruder ist verschollen. Sie benutzt ihn vor uns als Ausrede.«

»Das glaubt Frau Bliesmann«, sagte ich. »Aber die kann auch nicht alles wissen. Vielleicht lebt Buddi unter falschem Namen, weil er nicht will, dass die Polizei ihn findet.«

»Umso schlimmer«, meinte Ma. »Wir müssen Geduld mit Katja haben und ihr viel Liebe geben. Aber das tun wir ja bereits. Einen Psychologen braucht sie trotzdem. Das Jugendamt wird sich darum kümmern. – Lass das mal meine Sorge sein. Setz du dich lieber an das Klavier und spiel ein paar Weihnachtslieder.«

»Keine Lust«, maulte ich.

»Du hast in letzter Zeit auffallend oft keine Lust zum Klavierspielen«, stellte Ma fest.

»Mich nervt das Geklimper. Ich will nicht mehr zu Fräulein Wunderlich gehen. Langsam fange ich schon an das blöde Klavier zu hassen.«

Ma warf mir diesen anklagenden Blick zu, den ich so schlecht ertragen konnte. »Es ist das Instrument deiner Großmutter«, sagte sie. »Dein Vater wäre sehr traurig, wenn du nicht mehr spielen würdest. In seiner Familie wurde viel musiziert. Du bist nur faul.«

»Bloß weil früher Klavierspielen zur guten Erziehung gehörte, werde ich dazu verdonnert, obwohl es mich überhaupt nicht interessiert. Das hat mit Faulheit gar nichts zu tun. Ich möchte viel lieber Gitarrespielen lernen. Da würde ich schon üben!«

Ma seufzte. Ich wusste, dass sie von Gitarrenunterricht nichts hielt. Trotzdem ließ ich nicht locker.

»Ich kann ja mal mit Dad darüber reden«, schlug ich vor. »Bei Fräulein Wunderlich melde ich mich selbst ab, wenn er einverstanden ist.«

»Das wirst du wohl auch müssen.« Ma seufzte wieder.

»Du bist also einverstanden, dass ich aufhöre?«, fragte ich mit Herzklopfen.

»Einverstanden bin ich keineswegs. Aber was soll ich machen? Du weißt ja neuerdings alles besser. Später wirst du es bereuen, dass du nicht weiter geübt hast.« Mas Falten um den Mund wurden eine Spur schärfer.

Ich sah schnell weg. Ich hatte mich durchgesetzt. Mit Dad und Fräulein Wunderlich würde ich auch noch fertig werden. Schrumpfen? Nein, nicht mehr. Wenn ich das bloß Katja erzählen könnte. Hoffentlich kam sie bald.

Mas eisige Miene war kaum auszuhalten, also setzte ich mich doch lieber ans Klavier. Ich fing mit »O Tannenbaum« an, weil das am leichtesten war. Danach wagte ich mich an »Süßer die Glocken nie klingen«, aber das geriet etwas schräg. »O du fröhliche« klappte wieder gut. Deshalb spielte ich gleich vier Strophen, obwohl es nur drei gibt. Und dann klingelte es. Endlich! Ich ließ den Deckel auf die Tasten knallen und lief zur Haustür.

Katja stürmte herein und fiel mir um den Hals. »Hallo, Sanne, ich habe zwei Kumpel mitgebracht.« Sie ließ mich los. »Das ist – eh, wie heißt du noch mal?«

»Ralf«, sagte der Lange, der rechts neben ihr stand.

»Also, das ist Ralf und der hier heißt Micha. Die beiden sind auf Trebe. Als ich sie sah, wusste ich sofort Bescheid. Wenn du selber mal so drauf warst, kriegste einen Blick dafür. Ich habe gedacht, ich bringe sie mit, für 'ne Stunde oder so. Weil doch alles verrammelt ist, Kinos, Kneipen und die andern warmen Löcher. Heiligabend ist ganz beschissen. Frieden auf Erden hast du nur mit 'ner Zentralheizung. Die beiden sind harmlos, richtig lieb.«

Mir blieb die Spucke weg. Ich wusste einfach nicht, was ich sagen sollte. Hinter mir klapperten Mas Absätze auf dem Parkettboden.

»Katja, komm herein«, befahl meine Mutter etwas schrill. »Dein Besuch allerdings . . .«

Katja fiel ihr ins Wort. »Ich weiß schon, nicht in die gute Stube. In meiner Bärenhöhle stören sie nicht. Ich mache die Tür zu, dann sieht sie keiner. Heute steht doch Nächstenliebe auf dem Programm. Mir geht es so gut. Da wollte ich ein bisschen abgeben, von der Nächstenliebe, meine ich.«

Ma fingerte an ihrer Perlenkette. »Hier ist kein Asyl. Es tut mir Leid. Ich will in Ruhe mit Susanne und dir Weihnachten feiern. Komm jetzt rein.«

Katja rührte sich nicht von der Stelle. »Das kann man nicht machen!« Sie fing an zu weinen. »Die beiden haben heute noch nichts gegessen. Bis morgen sind sie tot. Das ist unterlassene Hilfeleistung. Wie Mord ist das. Keinen Hund behandelt man so. Sie nehmen uns doch nichts weg von der Wärme und überhaupt. Die klauen nicht. Ehrenwort! Nur weil sie auf Trebe sind, muss man noch nicht denken, das wären Schweine.«

»Das denkt hier keiner«, sagte Ma. »Aber es gibt gewisse Grenzen. Susanne, geh mit den beiden in die Küche und gib ihnen etwas zu essen. Ich komme gleich nach.«

Wie auf Knopfdruck setzten sich Ralf und Micha gleichzeitig in Bewegung und folgten mir. Aber die Angelegenheit war damit noch lange nicht erledigt. Ich kannte meine Mutter. Schnell holte ich zwei Gläser aus dem Küchenschrank und goss Milch hinein. Ohne zu fragen drückte ich sie den beiden in die Hand. »Trinkt mal, Milch ist gut. Ich bin gleich wieder da«, sagte ich und lief aus der Küche in die Diele, wo Ma und Katja noch immer heftig miteinander diskutierten.

»Du weißt anscheinend gar nicht, was du mir zumutest«, warf meine Mutter Katja vor.

Katja wischte sich die Haare aus dem Gesicht. »Ich habe Kumpel mitgebracht, ganz für mich alleine. Da ziehe ich keinen mit hinein. Was ist daran schlimm? Wenn die beiden in der Bärenhöhle sitzen, stören sie wirklich nicht.«

»Grotesk! Es ist absolut grotesk«, stieß Ma hervor.

»Was heißt grotesk?«, fragte Katja. »Das Wort kenne ich nicht.«

»Du bist grotesk, das heißt, du stellst die Ordnung auf den Kopf.«

»Nein, ganz bestimmt nicht«, versicherte Katja. »Das mit der Ordnung soll bleiben. Heute ist der Tag für Frieden, Liebe, Geschenke und so. Das ist doch die heilige Ordnung von Weihnachten. Ich will auch etwas dazu tun. Micha ist schon ganz steif vor Kälte. Er kann gar nicht mehr reden. Der fällt gleich um. Das ist eben nicht in Ordnung. Warum – ich verstehe es nicht – warum darf er sich nicht wärmen in *meinem* Zimmer?«

»Ma, bitte lass die beiden bleiben«, bat ich leise. »Es tut dir hinterher sonst Leid. Nur – dann kannst du nichts mehr rückgängig machen und quälst dich mit Selbstvorwürfen.«

Katjas Augen glitzerten. Mit dieser unausweichlichen Intensität, mit der sie sich durchs Leben boxte, konzentrierte sie sich auf meine Mutter. Katja war stark, meine Mutter eher so wie ich.

Ma atmete ganz tief durch. Sie schloss die Augen dabei und öffnete sie wieder. Sie kämpfte mit sich. Ich wusste genau, wie hilfsbereit sie im Grunde war. Sonst hätte sie auch Katja nicht bei uns aufgenommen. Sie brauchte nur immer eine Weile, bis sie sich überwand. Vielleicht hing das mit ihrer Erziehung zusammen. Früher war alles noch viel steifer als heute. Davon war Ma selbst steif geworden. Ich nahm sie in die Arme um ihr zu zeigen, dass ich sie verstand. »Bitte«, flüsterte ich.

Beinahe heftig befreite sie sich aus meiner Umarmung und fuhr sich mit allen zehn Fingern durch die frische Dauerwelle. Ohne erkennbaren Grund lachte sie abgehackt, blickte dann mich, dann Katja an. »Um des lieben Friedens willen«, murmelte sie schließlich, drehte sich um und eilte in die Küche.

Nun fand Ma erstaunlich schnell ihre Fassung

wieder. Sie rief Katja zu sich und ordnete an, dass Ralf und Micha im Wohnzimmer bleiben sollten. »Oben im Haus will ich sie nicht haben«, sagte sie.

Ma wollte die beiden im Auge behalten, das war mir klar. Sie traute ihnen nicht. Ich fand das etwas peinlich, aber Katja nahm es gelassen hin.

Seit meiner Geburt war meine Mutter nicht mehr berufstätig gewesen und jetzt hatte sie den Anschluss in ihrem Beruf verpasst. Etwas Neues wollte sie nicht versuchen. Obwohl mein Vater sie verlassen hatte, dachte sie gar nicht an eine Umschulung. Die Emanzipationswelle war mehr oder weniger spurlos an ihr vorbeigerollt. Dad hatte ihr mehrmals Vorwürfe gemacht. Aber sie wollte nicht wieder arbeiten gehen, aus Trotz, Angst oder um ihn zu ärgern. Vielleicht von allem ein bisschen. Ma konnte gut allein sein. Sie las Bücher über Friedrich den Großen und seine Zeit. Ich habe nie verstanden, wie man sich für den Alten Fritz begeistern konnte. Sie hatte ein Abonnement im Stadttheater, hörte zu Hause Klaviersonaten und werkelte im Garten. Und sie herrschte im Haus. Da fühlte sie sich sicher, da erteilte sie Befehle. Auch jetzt.

»Katja, stell noch zwei Teller auf den Tisch! Susanne, setz Wasser auf und hol die große Teekanne aus dem Wohnzimmerschrank!« Sie selbst öffnete eine Dose mit Würstchen und legte den Inhalt zu den anderen, die schon für das Abendbrot bereitgestellt waren.

Während wir zu dritt werkelten, standen Ralf

und Micha verlegen im Wohnzimmer. Sie trauten sich nicht Platz zu nehmen und wir vergaßen sie dazu aufzufordern. Die beiden wirkten wie Stummfilmfiguren.

Schließlich fanden wir uns aber doch alle um den Esstisch zusammen. Ma verteilte Würstchen und füllte Kartoffelsalat auf die Teller. Micha langte gierig mit den Fingern nach seiner Wurst, guckte dann aber erschrocken zu uns und ließ sie wieder auf den Teller gleiten. Er nahm Messer und Gabel in seine rot gefrorenen Hände.

»Und vielen Dank auch«, sagte Ralf.

Katja sprudelte wie üblich über. Sie machte damit die allgemeine Befangenheit erträglich. »Ich liebe Weihnachten! Da könnte ich vor Freude Kringel in den Bauch kriegen. Irgendwann lade ich euch alle zu ’ner riesigen Party ein, rund um den Tannenbaum. An die Äste hänge ich Würstchen und gebratene Heringe. Statt Kerzen kommen Näpfe mit Senf und Ketchup auf die Zweige. Lametta gibt es nicht. Dafür baumeln überall Zigaretten. Die Spitze schneide ich ab und setze eine Weihnachtsgans obendrauf, mit ’ner Krone aus Petersilie. Das ist doch irre! Während wir dann alle den Baum abnagen, muss Susi Klavier spielen.«

Obwohl mir meine Rolle bei der Weihnachtsparty nicht sonderlich gefiel, musste ich doch lachen. Auch Mas Mundwinkel zuckten.

Mit einiger Verzögerung sagte Micha: »Au ja.« Er taute langsam auf.

Zum Nachtisch gab es Weinschaumcreme, die

Katja mit Quietsch- und Schmatzlauten überschwänglich lobte. Als wir alle mit Essen fertig waren, sagte Micha noch einmal: »Au ja.« Auf was sich das bezog, war nicht festzustellen.

Dann war es Zeit für die Bescherung. Einen Augenblick lang hatte ich Angst, Ma würde die beiden jetzt wieder in die Kälte hinausschicken. Aber sie tat es nicht. Sie füllte einen Teller mit Plätzchen, Äpfeln und Mandarinen und drückte ihn Ralf in die Hand. »Fröhliche Weihnachten«, sagte sie dazu.

Micha lächelte wie ein glücklicher kleiner Junge. »Und vielen Dank auch«, wiederholte Ralf brav. Dann setzte er sich neben die Wohnzimmertür auf den Fußboden. Micha hockte sich neben ihn.

Katja flippte total aus, als sie ihre Geschenke entgegennahm. Sie warf die Bänder und das Einwickelpapier durchs Zimmer, fiel abwechselnd Ma und mir um den Hals und drehte sich mit uns im Kreis.

»Das Poster ist himmlisch, Susi-Sanne! Und die Hose und die Strümpfe! Ich fasse es nicht, ihr seid so lieb. Das ist das schönste Weihnachtsfest, das ich je erlebt habe. Das vergesse ich euch nie.«

Ma fand das graurosa Tuch sehr hübsch. Katja hatte ihr einen Garfield aus Plüsch geschenkt, der ein großes rotes Herz auf der Brust hatte. »Das Herz bedeutet Liebe«, sagte sie und blickte Ma erwartungsvoll an.

Ich wusste genau, dass meine vornehme steife

Mutter für so ein Plüschtier keinen Sinn hatte. Aber Ma lachte und sah dabei glücklich aus.

Ich bekam von Katja einen bunt schillernden Anhänger an einem Lederband. Ganz toll! So einen Schmuck fand ich viel schöner als die Gold- und Silberketten, die ich von meinen Eltern hatte.

Zu vorgerückter Stunde servierte Ma wie jedes Jahr Glühwein. Katja hockte sich mit ihrem Glas zu Micha und Ralf auf den Fußboden. Mir gefiel das auch besser als im Sessel zu sitzen.

Der Abend wurde immer gemütlicher, obwohl ein Gespräch mit den beiden Jungen nicht recht in Gang kam. Ich merkte, dass sie sich fremd bei uns fühlten. Selbst Katjas Fröhlichkeit konnte da keine Brücken schlagen. Ma saß abseits auf dem Sofa, ein bisschen durch den Tannenbaum verdeckt. Sie nippte an ihrem Glas und hielt versonnen ihren Garfield in der Hand. Ich hätte gern gewusst, was in ihrem Kopf vorging.

Kurz vor Mitternacht machte sie den Vorschlag, dass unser Besuch auf Luftmatratzen im Hobbyraum neben dem Heizungskeller schlafen sollte. Dort war es warm. Mir war das wieder etwas peinlich. Im Wohnzimmer wäre es doch auch gegangen. Aber Micha und Ralf nickten zufrieden.

Als Katja sie am nächsten Morgen zum Frühstück holen wollte, hatten sie durch ein Kellerfenster das Weite gesucht. Sie waren wieder auf Trebe.

10

Die restlichen Tage des Jahres waren sehr kalt. Schneesturm peitschte gegen die Fenster. Mehrere Tage schien auch die Sonne, aber das Thermometer blieb weiter unter null.

Das Jugendzentrum hatte während der Weihnachtsferien geschlossen. Katja war trotzdem jeden Nachmittag unterwegs, oft auch noch abends bis Mitternacht. Ma stellte sie zur Rede.

»Ich bin pünktlich zu den Mahlzeiten hier und schlafe Nacht für Nacht in meinem eigenen Bett«, wehrte sich Katja. »Was mache ich denn nun schon wieder falsch?«

»Du müsstest für die Schule üben«, hielt ihr meine Mutter vor. »Außerdem möchte ich wissen, wohin du gehst.«

»Du liebe Zeit, das ist ja wie im Heim«, protestierte Katja.

Da sagte meine Mutter nichts mehr und ließ sie gehen.

Ich wusste, wo sie ihre Nachmittage und Abende verbrachte. In einer Spielhalle. »Zocken gehen«, nannte sie das. Wenn meine Mutter davon erfuhr, gab es Zoff. Diese Hallen mit den Geldautomaten waren in ihren Augen Lasterhöhlen. Katja hatte mich zweimal überredet mitzukommen. Die blöden Automaten hatten mein Geld geschluckt wie nichts. So ein Schwachsinn! Das war nicht mal Glücksspiel, sondern reiner Betrug.

Aber Katja sah das anders. »Zocken macht mich total an. Das ist affengeil, dieses Blinken und Klickern und der Nervenkitzel, ob was rauskommt oder nicht.«

»Du hast eine Macke«, entrüstete ich mich.

»Na wenn schon, dann habe ich eben eine Macke. Du liegst stundenlang auf dem Bett und vergräbst dich in dicken Schmökern. Wenn du mit einem fertig bist, holst du dir den nächsten aus der Bücherei. Du hast die totale Lesemacke und ich zocke eben.«

»Das ist nicht dasselbe«, verteidigte ich mich. »Bücher sind spannend.«

»Zocken auch.«

Sie wollte gerade wieder los, da fing Mutter sie an der Haustür ab. »Katja, heute Nachmittag habe ich etwas mit dir vor«, sagte sie betont freundlich.

Katjas Haltung nahm etwas Lauerndes an. Sie schien nichts Gutes zu ahnen.

Ma nahm sie bei der Hand. »Keine Angst, es tut nicht weh. Komm, wir setzen uns gemütlich ins Wohnzimmer.«

Nur zögernd ließ sich Katja darauf ein. »Habe ich schon wieder was verbockt?«, fragte sie. »Ist es immer noch wegen Ralf und Micha?«

»Nein.« Ma lächelte. »Das haben wir doch wohl geklärt. Du hast mir fest versprochen nie wieder Nichtsesshafte mit ins Haus zu bringen und dich auch auf der Straße von ihnen fern zu halten. Sie sind nicht mehr deine Kumpel. Ich denke, das hast du verstanden.«

»Habe ich«, bestätigte Katja.

»Du isst doch gerne Eis«, fuhr Ma fort. »Was hältst du davon, wenn wir beide in das Café am Markt gehen und du bestellst dir einen großen Früchtebecher mit Sahne?«

»Hm«, machte Katja. »Und dann?«

»Dann besuchen wir Herrn Kranau.«

Katja runzelte die Stirn und zog die Schultern hoch, als erwarte sie einen Angriff. Sie hatte ein erstaunlich ausgeprägtes Gespür dafür, wann Unangenehmes auf sie zukam.

»Herr Kranau hat sich freundlicherweise bereit erklärt mit dir ein paar Gespräche zu führen. Er ist Jugendpsychologe und ...«

Weiter kam Ma nicht. Katja sprang auf. »Ein Seelenklempner! Nein! Nicht mit mir. Da gehe ich nicht hin. So einen haben sie mir mal vom Heim aus aufs Auge gedrückt. Der Kerl hatte nicht alle Tassen im Schrank. Erst bohrte er in einem herum, schlimmer als der Zahnarzt, und anschließend quatschte er alles bei der Erzieherin aus. Das kann man mit mir nicht machen.«

»Nun mal langsam.« Ma zog sie besänftigend wieder in den Sessel herunter. »Niemand bohrt in dir herum. Herr Kranau wird ein paar Fragen stellen, weiter nichts. Was du ihm erzählst, darf er gar nicht weitersagen. Das ist wie ein Arztgeheimnis. Ich schlage vor, wir beide gehen jetzt Eis essen und anschließend besuchen wir zusammen Herrn Kranau. Er macht einen sympathischen Eindruck. Du kannst Vertrauen zu ihm haben.«

Katja presste die Lippen so fest aufeinander, dass ihr Mund ganz verzerrt aussah. Mit fahrigen Bewegungen zog sie ihre Zigaretten aus der Tasche. Ma versuchte sie sanft am Rauchen zu hindern, aber Katja schob Mas Hände zurück und schrie: »Ich will keine Verhöre. Ich lasse mich nicht kaputtmachen!«

»Aber es geht doch genau um das Gegenteil! Der Psychologe soll dir helfen«, versuchte Ma sie zu besänftigen. »Ich begreife beim besten Willen nicht, warum du dich so aufregst. Ein Verhör ist etwas ganz anderes. Was immer der Psychologe im Heim mit dir gemacht hat, eine Therapie war das nicht. Therapie heißt nämlich Heilung. Bitte, komm heute Nachmittag mit. Du musst nichts erzählen, was du für dich behalten willst. Schau dir doch den Mann wenigstens mal an.«

»Ich sage kein Wort«, presste Katja hervor.

»Der Termin bei Herrn Kranau ist fest vereinbart. Wir müssen ihn einhalten, egal, ob du nur dieses eine Mal zu ihm gehst oder öfter. Ich bin aber zuversichtlich, dass du die Angst überwinden wirst. Glaub bitte nicht, dass du mir oder Frau Bliesmann einen Gefallen tun sollst. Es geht um dich. Wir alle wollen nur dein Bestes.«

Katja zog den Kopf zwischen die Schultern und qualmte unser Wohnzimmer voll. Ihre Finger zitterten. Sie bebte vor Wut und Trotz.

»Du wirst sehen, dass es gar nicht schlimm ist«, beendete Ma das Gespräch und ging nach oben.

Ich hockte mich neben Katja auf die Sessellehne. »Wenn du nichts erzählen willst, stellst du dich einfach stur«, schlug ich vor.

Sie starrte geistesabwesend vor sich hin. Ich war nicht sicher, ob sie mir überhaupt zuhörte.

»Lass mich mal ziehen«, flüsterte ich.

Ohne mich anzusehen hielt sie mir die Zigarette hin, von der jeden Augenblick die Asche abfallen musste. Aber wenigstens nahm sie mich wahr.

»Ich verstehe nicht, warum du dich so aufregst«, sagte ich. »War das denn so fürchterlich mit dem Psychologen?«

»Du hast keine Ahnung, um was es dabei geht«, antwortete sie.

»Ehrlich gesagt, nein. Kannst du es mir erklären?« Ich langte hinter mich und nahm einen Blumenuntersetzer von der Fensterbank als Aschenbecherersatz.

Katja holte tief Luft. Sie blickte zur Zimmertür, als wollte sie sich versichern, dass Ma uns nicht belauschte. Dann flüsterte sie: »Es geht um Buddi. Sie wollen mich aushorchen.«

»Glaube ich nicht«, antwortete ich ebenso leise.

»Ich weiß es«, sagte sie fest.

»Quatsch! Das bildest du dir nur ein. Es geht um dich. Buddi hat mit der Sache überhaupt nichts zu tun.«

»Wenn ich es doch erlebt habe!«, brauste sie auf. »So ein Psychoknacker ist wie ein Bulle, nur raffinierter.«

Ich legte ihr den Arm um die Schultern, weil sie schon wieder zu zittern anfing. »Das kann gar nicht sein. Du sagst einfach kein Sterbenswörtchen über deinen Bruder. Der Psychologe ist kein Hellseher. Der kann mit dir nur über das quatschen, was er von dir erfährt.«

»Von mir erfährt er nichts, keine Silbe«, zischte sie.

»Na, dann ist ja alles klar. Du gehst einfach ein paar Mal zu diesem Herrn Kranau, damit Ma zufrieden ist. Erzähl dem was von deinen Trebeabenteuern, von der Schule, meinetwegen auch von mir. Irgendwelches belangloses Zeug«, schlug ich vor. »Und Buddi bleibt dein Geheimnis.«

Sie seufzte erleichtert. »Ja, so mache ich es. Ich verrate ihn nicht. Niemals.«

Eine halbe Stunde später zog sie mit meiner Mutter los und ich ging zum Tischtennisspielen.

Was dieses erste Gespräch beim Psychologen ergeben hatte, konnte ich nicht herausfinden. Weder Katja noch Ma ließen darüber eine Bemerkung fallen. Ma blockte ab, als ich nachhaken wollte, und Katja fragte ich lieber nicht. Sie vertraute mir zwar vieles an, aber nur, wenn sie dazu aufgelegt war. Sie ließ sich nicht ausfragen.

Am nächsten Tag nach der Schule schlug meine Mutter vor mit Katja Einkäufe zu machen. »Im Januar sind viele Waren im Preis herabgesetzt«, sagte sie. »Da macht es Spaß, in den Läden zu stöbern.«

Katja willigte begeistert ein.

Am Abend überraschte uns meine Mutter mit einem seltsamen Einfall. Sie hatte im Keller mein altes Monopoly-Spiel ausgegraben. »Ich hätte große Lust, mit euch um Häuser zu feilschen«, sagte sie. »Macht ihr mit?«

»Super!«, rief Katja. »Im Heim haben wir wochenlang die Monopoly-Welle draufgehabt.«

Es wurde ein sehr vergnügter Abend. Katja kaufte wie verrückt Häuser. Vor allem auf die Bahnhöfe war sie scharf. »Bahnhöfe sind was Irres!« Sie geriet total in Spielfieber. Als Ma dann fand, dass es Zeit zum Schlafengehen sei, war noch nicht entschieden, wer der Gewinner war.

»Macht nichts«, meinte meine Mutter. »Morgen geht es weiter.«

Drei Abende dauerte unser Monopoly-Marathon. Dann hatten wir es alle satt. Katja wollte gerade wieder alleine los, da hatte Ma noch einen seltsamen Einfall. Sie schlug vor, dass wir zusammen zum Chinesen essen gehen sollten. Ich konnte mich nicht erinnern, wann ich das letzte Mal mit meiner Mutter in einem Restaurant gewesen war. Seit Dads Auszug mussten wir sparen.

Mir kam der Verdacht, dass hinter diesem Gesinnungswandel eine feste Absicht stand. Das behielt ich aber für mich. Katja fuhr jedenfalls voll darauf ab. »Wie richtige Familie ist das«, jubelte sie. »Die Leute halten uns bestimmt für Schwestern, Susi-Sanne.«

Wir zogen ziemlich früh los. Meine Mutter hakte sich bei Katja und mir ein. Wir bummelten durch die Straßen und machten Witze über andere Passanten. Es war herrlich. Katja brachte uns richtig in Schwung.

An diesem Abend wurde mir bewusst, dass meine Mutter immer seltener ihren Positiv-Dreh gebrauchte. Dafür lachte sie häufiger. Und das war nun wirklich positiv.

»Deine Mutter ist süß«, schwärmte Katja. »Ich bleibe immer und ewig bei euch.«

Ma dachte wohl dasselbe. Sie fand Katja zwar nicht süß, nannte sie aber manchmal zärtlich Katinka. Das hinderte sie allerdings nicht daran, ihre Katinka fest unter Kontrolle zu halten. Jeden Nachmittag saß sie in der Bärenhöhle und überwachte die Schulaufgaben. »Damit es schneller geht«, erklärte sie. »Umso mehr Zeit haben wir anschließend für gemeinsame Unternehmungen.«

Äußerst zielstrebig entwickelte sie für Katja ein abwechslungsreiches, aber volles Programm um sie am Herumtreiben zu hindern. Katja schien das entweder nicht zu merken oder sie war damit zufrieden. Vielleicht gewöhnte sie sich auch mehr und mehr an unsere Lebensweise. Oder die Gespräche bei dem Psychologen wirkten Wunder. Einmal in der Woche ging sie zu ihm. Ma begleitete sie nicht mehr. Katja machte keine einzige Bemerkung über Herrn Kranau. Als ich vorsichtig versuchte das Gespräch auf die Therapiestunden zu bringen, kam keinerlei Reaktion von ihr.

Nach einigen Wochen rief Herr Kranau bei

uns an. Glücklicherweise war Ma gerade beim Einkaufen, denn er erkundigte sich, wo Katja blieb. »Ist sie immer noch krank?«, fragte er.

»Wieso krank?«, fragte ich blöd. »Ist sie denn nicht bei Ihnen?« Das war ein Fehler. Ich hatte nicht schnell genug geschaltet.

»Sie sollte, aber sie ist nicht«, sagte Herr Kranau. »Letzte Woche hat sie auch gefehlt und die Woche davor hat sie abgesagt wegen Grippe. Kann ich bitte deine Mutter sprechen?«

Ich war froh, dass Ma nicht zu Hause war, ließ mir aber nichts anmerken. Ich versprach dem Psychologen sowohl Katja als auch meiner Mutter von dem Anruf zu berichten. »Das geht schon in Ordnung«, wiederholte ich zweimal. Hoffentlich meldete er sich nicht wieder, bevor ich Katja warnen konnte. Sie musste sich etwas einfallen lassen, damit Ma nichts davon erfuhr.

Katja kam erst zum Abendbrot zurück und von dem Augenblick an ließ meine Mutter sie nicht mehr aus den Augen. Es gelang mir nicht, mit Katja allein zu reden. Ich wurde immer nervöser. Schließlich ordnete Ma an, dass es Zeit zum Schlafengehen sei.

Katja ging als Erste ins Badezimmer und verschwand dann in der Bärenhöhle. Ma werkelte noch ein bisschen in der Küche herum. Dann hörte ich, wie sie die Haustür abschloss und mit der Sicherheitskette zusätzlich verriegelte.

Ich packte meine Schulsachen, wusch mir noch die Haare und dann ging ich zu Katja um endlich in Ruhe mit ihr reden zu können.

Sie hatte bereits das Licht gelöscht. »Schläfst du schon?«, flüsterte ich. Sie rührte sich nicht. Ich tastete im Dunkeln nach ihrem Bett. »Katja, ich bin es.«

Keine Reaktion. Ich knipste die Nachttischlampe an und sah, was ich geahnt hatte: Katja war ausgeflogen.

Einen Moment stand ich unschlüssig da, dann löschte ich das Licht wieder und ging leise in mein Zimmer zurück. Es war mir rätselhaft, wie Katja durch die Haustür gekommen war. Das hätte ich bestimmt gehört, denn die klemmte. Wenn man sie zuzog, dröhnte es bis in die obere Etage.

Das ließ mir keine Ruhe. Ich ging noch einmal aus meinem Zimmer. Überall im Haus war es dunkel. Die Haustür war mit der Kette von innen verriegelt. Trotzdem war Katja weg.

11

Am anderen Morgen war alles wie immer. Wecken, waschen, frühstücken. Leider musste Katja eher als ich das Haus verlassen, weil ihre Schule weiter entfernt lag als meine. Ich nutzte die kurze Gelegenheit, als Ma etwas aus der Küche holte, und flüsterte: »Katja, ich muss mit dir reden. Es ist dringend.«

»Mach die letzte Schulstunde blau und komm in die Spielhalle«, flüsterte sie zurück. »Da findest du mich.«

»Das geht nicht.«

»Sag einfach, dir sei schlecht, und hau früher ab. Um zwölf bin ich da.«

In der ersten Stunde konnte ich an nichts anderes denken als an das Schuleschwänzen. Ich hatte das noch nie gemacht. Bestimmt glaubte mir mein Klassenlehrer, wenn ich ihm vorflunkerte, dass mir schlecht sei. Knolle hatte so oft Kreislaufbeschwerden, dass kein Mensch mehr darauf hereinfiel. Trotzdem bekam er frei. Weil er dreist war! Katja war auch dreist und ich immer noch ein Feigling.

Aber die Sache hatte noch einen Haken. Ich wollte ja gar nicht schwänzen. Katja hatte es für mich beschlossen.

Im Grunde war das wie bei meinen Eltern. Immer bestimmten andere, was ich machen sollte.

»Hast du was?«, fragte Steffi.

»Kopfschmerzen«, log ich.

»Du siehst auch ganz blass aus«, meinte sie. »Geh lieber nach Hause.«

»Ach, ich weiß nicht.«

»Du bist echt komisch, Sanne. Ist doch super, mal früher abzuhauen.«

Nun fing die Steffi auch noch an!

Nach der großen Pause bekam ich tatsächlich Kopfschmerzen vor lauter Ärger, Aufregung oder sonst was.

»Geh endlich«, drängelte Steffi. »Ich komme mit zum Lehrerzimmer, wenn du dich nicht allein zu fragen traust. Oder soll ich dich nach Hause bringen?«

Das fehlte gerade noch! »Nein, nein, so schlimm ist es nicht. Ich schaff das alleine«, wehrte ich ab.

Na ja, und dann ging ich wirklich – aber nicht nach Hause.

Katja saß bereits vor einem der Geldschlucker, als ich hereinkam. Sie winkte mir fröhlich zu. »Da bist du ja, Susi-Sauer. Was ist denn los?«

»Ich heiße nicht Susi-Sauer. Echt, mir reicht's jetzt!«, schnauzte ich sie an. »Deinetwegen schwänze ich Schule. Deinetwegen muss ich den Psychologen am Telefon abwimmeln. Deinetwegen schleiche ich nachts durchs Haus. Aber du bist verduftet wie ein Geist durch den Schornstein.«

»Wie kommst du auf den Schornstein? Durchs Kellerfenster geht das viel einfacher«, erwiderte sie seelenruhig und drückte dabei auf die Tasten des Spielautomaten.

»Wie Ralf und Micha. Ich hätte es mir denken können.«

»Logo«, sagte Katja und lachte.

Ich zog mir einen Stuhl heran und ließ mich neben ihr nieder. »Was glaubst du, was passiert, wenn Ma dahinter kommt?«

»Zoff«, sagte Katja nur.

Es war nicht zu fassen. Sie hatte Probleme und ich regte mich auf. Langsam wusste ich nicht mehr, wer von uns beiden noch normal war.

Katja verzockte eine Mark nach der andern. »Die Sache mit dem Psychoknacker regle ich«, versprach sie nebenbei. »Und das Übrige braucht keiner zu wissen. Was ist denn daran so schlimm? Ich versuche schon die ganze Zeit dir das in deinen Schädel zu hämmern. Erinnerst du dich? Kloppe ist Kloppe, aber die Angst vor der Kloppe macht einen verrückt.«

»Ja, ich weiß, ich soll die Angst loslassen. Über den Kopf kapiere ich das, aber in meinem Bauch kriege ich das nicht hin. Der Mensch hat schließlich Gefühle. Ich jedenfalls. Du etwa nicht?«

»Logo, ich habe genauso viele Gefühle wie du«, sagte Katja. »Aber du machst aus deinen Gefühlen Steine. Meine sind eher wie Wasser. Das war nicht immer so. Ich hab's verdammt hart lernen müssen.«

Ich dachte daran, wie ich mir seit gestern Nachmittag ununterbrochen Sorgen gemacht hatte. Sorgen waren wie Steine. Das konnte man wirklich miteinander vergleichen. Ich nahm mir vor in Zukunft alles ein bisschen leichter zu nehmen. Ich würde mir Katja dabei vorstellen. Vielleicht half das.

»Manchmal ist aber jeder unglücklich«, wandte ich dann doch noch ein. »Du auch.«

»Und wie!«, gab sie zu. »Wenn du im Schlamassel steckst, tut es erbärmlich weh. Aber schon vorher vor lauter Angst in die Hose pinkeln und hinterher jaulen, wie dreckig es einem geht, bringt nichts. Das meine ich mit loslassen.«

»Da hast du Recht. Wenn ich es bloß nicht immer vergessen würde«, gab ich zu. »Du wirst mich wohl noch öfter daran erinnern müssen. – Und jetzt riskiere ich auch eine Mark.« Ich kramte in meiner Tasche nach Geld. »Wenn sie weg ist, ist sie eben weg. Egal. Ich kriege ja nächsten Monat wieder Taschengeld.«

»Jippiii!«, schrie Katja. »Los, das ist die richtige Einstellung.«

Ich warf das Geld in den Automaten. Er funkelte mich freundlich an. Ich drückte ohne nachzudenken einen Knopf. Einfach so. Aber ich hatte plötzlich das Gefühl, dass der Knopf mir Glück bringen würde. Und dann spuckte der Automat und spuckte und hörte gar nicht wieder auf.

Katja und ich fingen an zu lachen wie zwei Verrückte. Sämtliche Typen, die in der Spielhalle herumhingen, drehten sich nach uns um. Bei so was muss man nämlich ganz cool bleiben. Es war mir total gleichgültig.

Am Nachmittag schlug Ma vor in eine Ausstellung zu gehen. Aber Katja sprang schon längst nicht mehr so begeistert auf jeden ihrer Vorschläge an wie noch vor einer Woche. »Ich kann allein auf mich aufpassen«, maulte sie.

»Darum geht es doch nicht«, wich Ma aus. »Ich dachte, es macht dir Spaß, wenn wir zusammen was unternehmen.«

»Macht es auch manchmal, aber nicht immer.

Heute will ich Knolle besuchen. Ich habe mich mit ihm verabredet.«

»Wen bitte?«, fragte Ma gedehnt.

»Na, Knolle eben. Der geht in Sannes Klasse. Ich bin pünktlich zum Abendessen zurück.«

Ma drehte sich um und ging aus dem Zimmer. Sie sah ziemlich beleidigt aus. Katja zog los ohne sich davon beeindrucken zu lassen.

Nachdem sie weg war, fing meine Mutter wieder mit dem leidigen Thema Klavierstunden an. »Du solltest es dir noch einmal gut überlegen, Susanne. Ihr Jugendlichen von heute wollt alles nur noch geschenkt haben. Die Freude, sich etwas zu erschließen mit Eifer und Disziplin . . .«

Das Telefon klingelte. Ma ging an den Apparat und ich nutzte die Gelegenheit, mich in mein Zimmer zu verdrücken. Auf der Treppe schnappte ich ein paar Worte auf, die mich hellhörig machten.

»Wer?«, fragte meine Mutter. »Ach ja, der Klassenlehrer . . . ich erinnere mich . . . Katja hat . . . das ist unglaublich . . . nein, nein, selbstverständlich muss man dem nachgehen . . . ich werde mit ihr reden. Ich bin schockiert, die Sache muss schnellstens bereinigt werden. Ja, ich nehme das in die Hand. Danke. Auf Wiederhören.«

Von der Treppe aus sah ich, dass Ma starr neben dem Telefon stehen blieb. Irgendwas war passiert. Ich konnte mir aber aus den paar Brocken, die ich aufgeschnappt hatte, keinen Reim machen. Langsam ging ich ins Wohnzimmer zurück. »Kann ich dir helfen?«, fragte ich.

Meine Mutter guckte, als hätte ihr jemand einen Schlag versetzt. »Wie heißt der Junge, den Katja besucht?«, fragte sie in scharfem Ton.

»Thomas Knollmann. Warum willst du das wissen?«

Ma antwortete nicht. Stattdessen griff sie zum Telefonbuch.

»Es könnte sein, dass Katja mit ihm spazieren geht. Bestimmt sogar, bei dem schönen Wetter«, versuchte ich sie abzulenken. In Wirklichkeit vermutete ich eher, dass die beiden im Treffpunkt waren.

Meine Mutter ging nicht darauf ein. Sie rief bei Knollmanns an und erfuhr, was ich bereits ahnte. »So, im Jugendzentrum hält sich Ihr Sohn auf.« Mas Tonfall ließ keinen Zweifel daran aufkommen, dass sie ihrer Tochter so etwas verbieten würde.

»Da siehst du es«, polterte ich los. »Ins Jugendzentrum gehen viele aus meiner Klasse und die Eltern haben nichts dagegen. Sag mir lieber, worüber du dich so aufregst.«

Aber Ma dachte gar nicht daran. Sie lief nervös im Wohnzimmer auf und ab. Dann telefonierte sie gleich noch einmal.

»Guten Tag, Herr Kranau. Es geht um Katja. Ich brauche dringend Ihren Rat. – Wie bitte? Sie kommt nicht in die Therapiestunde? – Nein, das wusste ich nicht.«

Auweia! Da zog sich ein Gewitter von allen Seiten um Katja zusammen. Während ich noch immer überlegte, was Katjas Klassenlehrer so

Wichtiges zu berichten hatte, kommandierte Ma: »Hol sie auf dem kürzesten Wege nach Hause!«

Ich lief in den Keller, holte mein Fahrrad und sauste los. Sie saß im Treffpunkt und trank Kaffee. Ich packte sie am Arm. »Dein Klassenlehrer hat bei uns angerufen.«

»Was wollte er denn?«, fragte Katja.

»Keine Ahnung, jedenfalls fiel Ma fast in Ohnmacht. Sie hat sofort bei Knolle zu Hause angerufen und seine Mutter hat was von Jugendzentrum gesagt. Da wusste Ma, dass du noch immer hierher gehst, obwohl sie es nicht will. Der Schock war wohl so groß, dass sie sich an den Psychologen hängte und natürlich brühwarm erfuhr, dass du die Therapiestunden schwänzt. Dann hat sie mich angedonnert, ich solle dich auf schnellstem Wege nach Hause holen.«

»Danke, Sanne«, sagte sie. »Na schön, ich komme mit, ist wohl besser.«

»Wenn ich nur wüsste, was Herr Schäfer mit deiner Mutter über mich zu tratschen hat«, überlegte sie unterwegs. »Ich komme prima mit ihm aus und dachte immer, er mag mich.« Dann blieb sie plötzlich stehen. Sie schaute zum Himmel und schnupperte wie ein Hund. »Merkst du was?«

Ich blickte auch in die Wolken und merkte gar nichts.

»Der Winter ist vorbei«, meinte sie versonnen. »Es riecht nach frischer Erde. Die Igel wachen auf.«

»Sag mal, hast du keine anderen Probleme im Augenblick?«

»Nee, eigentlich nicht.« Sie pfiff leise eine Melodie und schien nicht im Geringsten beunruhigt.

Ma dagegen drehte fast durch, als wir zur Haustür hereinkamen. »Geh in dein Zimmer, Susanne«, befahl sie. »Und du bleibst hier, Katja.«

Ich stapfte die Treppe hoch, klappte meine Zimmertür auf und wieder zu, blieb aber davor stehen um zu horchen.

»Du hast mein Vertrauen missbraucht, du hast mich hintergangen, du hast gelogen und gestohlen«, wetterte Ma los.

Katja antwortete nicht.

»Du gibst es also zu?«, zeterte Ma weiter.

Katja sagte immer noch nichts.

»Du hast uns alle getäuscht und ausgenutzt. Katja, wie konntest du das nur machen? Hast du denn kein bisschen Anstand?«

»Ich war nicht bei dem Psychologen, das ist alles«, sagte Katja.

»Alles? Und was erlaubst du dir seit Wochen in der Schule?«

»Ich habe keine Ahnung. Was denn? In der Schule ist alles in Ordnung.«

»So, in Ordnung! Du hältst es also für richtig, Mitschülern Geld zu stehlen«, donnerte Ma, dass mir vor Schreck die Luft wegblieb.

»Das habe ich nicht getan«, verteidigte sich Katja.

»Hör auf zu lügen. Dein Klassenlehrer hat angerufen. Seit Wochen verschwindet Geld. Gestern hat jemand beobachtet, wie du die Mäntel und Jacken deiner Klassenkameraden durchsucht hast. Hinterher fehlte wieder Geld.«

»Das stimmt nicht. Ich habe nichts durchsucht. Ich habe kein Geld geklaut.« Katjas Stimme klang fest und ruhig.

Ma schrie sie an: »Willst du mir einreden, dass dein Klassenlehrer lügt?«

»Wenn er das von mir behauptet hat, lügt er«, antwortete Katja.

»Ach, und Herr Kranau lügt wohl auch?«

»Nein. Ich hab doch gesagt, dass ich nicht dort war.«

»Katja, wie konntest du das nur tun? Ich habe dir ein gutes Zuhause gegeben. Dir fehlt es an nichts. Ich habe mich um dich gekümmert wie um meine eigene Tochter. Aber das Wort Moral scheinst du nicht zu kennen.«

»Ich weiß, wer in der Schule Geld klaut, aber ich verpetze niemanden«, sagte Katja. »Das ist nämlich meine Moral. Ich klaue nicht bei Mitschülern oder Freunden. Bei niemandem, den ich kenne. Das ist auch meine Moral. Gestern habe ich meine Jacke gesucht, weiter nichts. Ich hatte sie in der Turnhalle liegen lassen. Gabi war die Letzte beim Umziehen. Sie hat mein Teil mitgebracht und vor die Klassentür gehängt. Aber da ist viel zu wenig Platz. Ich musste erst herumwühlen, bis ich meine Jacke gefunden hatte. Das ist die Wahrheit. Aber die muss man ja nicht glauben. Denn wenn eine aus dem Heim kommt, klaut und lügt sie auch. Heimkinder werden immer verdächtigt. So läuft das.«

»So läuft das keineswegs«, wehrte meine Mutter ab. »Ein Mitschüler hat dich beobachtet. Dein Lehrer will mit euch beiden reden. Du bekommst Gelegenheit, dich zu verteidigen. Wir werden sehen, was dabei herauskommt. Und nun zu Herrn Kranau. Hast du mich etwa nicht angelogen und behauptet, du würdest regelmäßig in die Therapiestunde gehen?«

»Nein, das habe ich nie behauptet. Ich bin einfach nicht hingegangen und habe gar nichts gesagt.«

»Das läuft auf dasselbe hinaus.«

»Für mich nicht. Anders konnte ich mich nicht dagegen wehren«, sagte Katja. »Mag schon sein, dass so eine Behandlung manchen Menschen hilft. Mir schadet sie. Bei mir ist eben vieles anders als bei andern Leuten. Trotzdem bin ich anständig. Das habe ich meinem Bruder geschworen. Aber wahrscheinlich gibt es unterschiedliche Arten von Anständigsein.«

»Das ist blanker Unsinn«, schimpfte meine Mutter. »Eine Lüge bleibt eine Lüge, egal, von wem. Das ganze Gerede über deinen Bruder ist auch Lüge. Ich begreife nicht, was du damit bezwecken willst.«

Bis jetzt hatte Katjas Stimme fest und beherrscht geklungen. Mit einem Mal schlug das um. Ich konnte ihr Gesicht nicht sehen von meinem Horchposten aus, aber der Wechsel in ihrer Stimme war so deutlich, dass ich mir vorstellen konnte, wie ihre Augen flackerten und wie sie nervös wurde. Wenn von Buddi die Rede war, reagierte sie immer so.

»Nein, das stimmt nicht, nein«, stammelte sie. »Buddi, ich meine, mein Bruder, das ist etwas ganz anderes, das ist . . .«

»Hör auf damit, Katja.« Ma ließ sie gar nicht ausreden. »Wir gehen morgen gemeinsam zum Jugendamt. Dort kannst du Frau Bliesmann die Geschichte von deinem Bruder erzählen und die Geschichte von deiner Jacke, die du angeblich vergessen hattest, und die Geschichte, warum Therapiestunden nur für andere Leute gut sind, aber nicht für dich. Erzähl das alles Frau Bliesmann. Sie hat sich so für dich eingesetzt, aber du hast uns alle enttäuscht. Und jetzt geh in dein Zimmer. Du kannst zu den Mahlzeiten nach unten kommen. Das Haus verlässt du nicht, bis Frau Bliesmann und ich gemeinsam entschieden haben, wie es mit dir weitergehen soll.«

Ich drückte leise die Klinke meiner Zimmertür runter und zog mich zurück. Ich hatte genug gehört. Da saß Katja aber dick in der Patsche. Dicker ging es gar nicht mehr. Jetzt hing mal wieder alles von Frau Bliesmann ab. Ob sie Katja glaubte? Ma war zu wütend gewesen um richtig hinzuhören. Ich konnte mir nicht vorstellen, dass Katja in der Schule Geld gestohlen hatte. Ladendiebstahl nahm sie locker. Das war wohl notwendig, wenn man auf Trebe überleben wollte. Aber Mitschülern Geld aus der Tasche ziehen – das passte nicht zu Katja.

Ich ging zu ihr in die Bärenhöhle. Sie lag auf dem Bett und rauchte. »Los, Katja, zieh die Schuhe aus. Du hast doch wahrhaftig schon genug Ärger mit meiner Mutter.«

Sie sah mich wütend an und dachte gar nicht daran, die Schuhe von der Bettdecke zu nehmen. »Das ist gelaufen«, sagte sie.

»Was ist gelaufen?«

»Alles. Die Schuhe auf der Bettdecke machen den Kohl auch nicht mehr fett. Ich habe in der Schule nicht geklaut – ich nehme an, du hast das Theater mitgekriegt. – So viel verrate ich dir: Herr Schäfer wird sich wundern, wenn er dahinter kommt, wer bei uns klaut. Es ist ein Töchterlein aus feinster Familie. O wie peinlich! Zu einer wie mir passt das besser. Eine Trebegängerin ist kriminell. Das gehört nämlich auch zur heiligen Ordnung.«

»Wenn du ganz sicher weißt, wer bei euch in der Klasse das schwarze Schaf ist, dann musst du das sagen, damit der Verdacht nicht an dir hängen bleibt«, redete ich ihr zu.

»Klar, für euch wäre die Welt dann wieder in Ordnung. Aber für mich nicht. Es bleibt immer dasselbe, Sanne. Die feinen Frauen, so wie deine Ma, kriegen feine Kinder, und arme Säue, so wie meine Mutter, setzen wieder nur arme Säue in die Welt.«

»Das ist nicht wahr«, protestierte ich. »Wenn du deinen Klassenlehrer davon überzeugen kannst, dass du unschuldig bist, renkt sich alles wieder ein.«

»Schon möglich. Bis zum nächsten Mal. Ich mache mir da lieber gar nicht erst was vor. Mein Leben geht auf einer anderen Schiene ab. Ich passe nicht auf euer Gleis. Auch wenn ich mich noch so sehr anstrenge, werde ich niemals so wie deine Ma oder du.«

Ich setzte mich neben sie auf das Bett. »Bitte, sprich mit deinem Lehrer«, sagte ich eindringlich. »Oder soll ich zu ihm gehen? Wenn Ma sich beruhigt hat, werde ich ihr auch ein paar passende Sätze sagen. Sie sieht leicht Gespenster. Erst der Anruf von dem Pauker und gleich darauf das Gespräch mit dem Therapeuten – das war ein bisschen viel auf einmal. Aber gemeinsam kriegen wir das wieder hin. Bestimmt!«

Katja schwieg, sah zur Zimmerdecke und rauchte.

»Was willst du denn nun machen?«, hakte ich nach.

»Buddi treffen.«

»Bist du verrückt? Ma hat dich zu Stubenarrest verdonnert.«

»Wie im Heim! Dass ich nicht lache! Ich lasse mich nicht einsperren.« Sie verzog verächtlich das Gesicht. »Buddi weiß, dass ich nicht geklaut habe. Er wird mir schon sagen, wie es weitergeht. Auf ihn kann ich mich immer verlassen. Deshalb habe ich auch keine Angst. – Bitte, Sanne, tu mir einen Gefallen, einen riesengroßen.«

»Na klar, wenn ich kann«, willigte ich ein. »Was denn?«

»Geh zu deiner Mutter ins Wohnzimmer und spiel Klavier. Das beruhigt sie.«

»Alles, nur das nicht«, wehrte ich ab. »Das beruhigt sie überhaupt nicht. Im Gegenteil, dann geht bloß wieder die blöde Diskussion über die Klavierstunde los.«

»Sanne, du bist meine Freundin, hilf mir. Spiel Klavier, nur fünf Minuten oder zehn. Spiel, was du willst, was du am besten kannst, damit diese miese Stimmung im Haus vergeht. Ich halte das nicht länger aus. Sonst springe ich aus dem Fenster.«

»Mach keinen Quatsch, Katja. Du lässt dich doch sonst nicht aus der Ruhe bringen. Du weißt, dass meine Mutter dich mag, und Frau Bliesmann mag dich auch. Komm, lass dich nicht hängen. – Also, wenn du unbedingt willst, spiele ich jetzt Klavier. Aber ich glaube nicht, dass Mas Laune davon besser wird.«

Ich ging ins Wohnzimmer und klimperte lustlos ein Menuett.

»Hör auf damit«, schnauzte Ma. »Du musst mir nicht beweisen, wie schlecht du spielst. Das ist unerträglich.«

Beleidigt knallte ich den Deckel wieder zu. Ma zuckte zusammen, als sei das ein bewusster Angriff auf ihre Nerven gewesen. Oben knallte eine Zimmertür ins Schloss. Ma zuckte noch einmal. Irgendwo schien ein Fenster offen zu sein, es zog. Meine Mutter hasste Durchzug, angeblich bekam sie Kopfschmerzen davon. Ich ging nach oben um das Übel abzustellen. Ihre Stimmung war schon ohne Kopfschmerzen schlimm genug.

Das Fenster in der Bärenhöhle stand weit offen. Ebenso sämtliche Schranktüren. Auf dem Fußboden lagen Pullover, Wäsche, Schuhe, ein heilloses Durcheinander. Auf Katjas Bett fiel mir eine herausgerissene Heftseite auf. Darauf stand: Du bist die beste Freundin, die ich je hatte. – Katja.

12

Ich stürzte zum Fenster und lehnte mich hinaus. Katja lief die Straße hinunter. Sie hatte die Kreuzung noch nicht erreicht. In jeder Hand hielt sie eine Plastiktüte. Ich wollte rufen, aber irgendetwas hielt mich davon ab. Katja war aus dem Fenster im ersten Stock gesprungen. So ein Wahnsinn! Sie hätte sich die Beine brechen können. Das hatte sie riskiert um wegzukommen. Da ließ sie sich durch mein Rufen bestimmt nicht aufhalten.

Buddi, immer wieder Buddi! Ich wollte unbedingt wissen, wo der Kerl wohnte oder wo sie sich mit ihm traf, wie er aussah, ob es ihn überhaupt gab. Allmählich entwickelte sich bei mir auch schon ein Buddikoller. Katja hatte mich angesteckt. Ihr Leben drehte sich um diesen Bruder wie um eine Achse.

Ich lief nach unten, riss meinen Anorak vom Garderobenhaken und ballerte die Haustür hinter mir zu ohne mich darum zu kümmern, was Ma mir nachrief. Draußen rannte ich los. Katja war nicht mehr zu sehen. Also war sie abgebogen, entweder stadteinwärts oder in die andere Richtung. An der Kreuzung wusste ich es. Sie ging stadtauswärts, auf die Felder zu. Ich holte ein bisschen auf, aber nicht viel. Nach Möglichkeit versuchte ich mich hinter geparkten Autos entlangzuschlängeln. Falls sie sich umsah, konnte ich mich rasch ducken.

Sie blieb nicht lange auf der Straße, sondern bog bald in einen Feldweg ein. Hier gingen einige Leute mit ihren Hunden spazieren. Zur Deckung fand ich nur einmal eine Gruppe Nadelbäume. Autos durften hier nicht mehr abgestellt werden. Katja ging schnell. Sie sah sich nicht um. Von dem breiten Feldweg wechselte sie in einen schmaleren. Eigentlich war das nur ein Trampelpfad und er war privat. Es war die Abkürzung am Weidenbach entlang, unter der Autobahnbrücke hindurch zu Fräulein Wunderlich.

Ich ließ den Abstand zwischen uns wieder größer werden. Die wenigen Bäume und Büsche, die alle um diese Jahreszeit noch kein Laub hatten, boten keine Deckung. Wenn Katja sich umschaute, musste sie mich sehen. Was sollte ich ihr dann sagen? Dass ich einen Privatbesuch bei meiner komischen Klavierlehrerin machte? Oder dass ich neugierig auf Buddi war? Das Letztere stimmte zwar, aber sie würde mich bestimmt nicht mitnehmen. Buddi war ihr großes Geheimnis.

Die Autobahn war schon ziemlich nahe. Das Dröhnen schwoll an. Katja hatte bereits die Unterführung am Weidenbach erreicht. Dahinter machte der Weg einen Knick. Ich rannte los, denn solange ich sie nicht sah, war ich auch vor ihr in Deckung. Fast wäre das schief gegangen. Ich hatte sie nämlich längst auf dem Pfad hinter der Autobahnbrücke vermutet. Und das war ein Fehler. Sie hockte an derselben Stelle wie vor Monaten, genau dort, wo ich sie kennen gelernt hatte. Ich machte ein paar Schritte rückwärts in die Wiese um aus ihrem Blickfeld zu kommen. Dann schlich ich mich hinter einen riesigen Betonpfeiler. Hier war ich beinahe von allen Seiten vor Blicken geschützt und konnte Katja trotzdem beobachten. Es war zwar wegen des Lärms über mir unmöglich, ein Wort zu verstehen, aber darauf kam es nicht an. Es genügte mir völlig, Buddi zu sehen.

Doch zunächst sah ich nur Katja. Sie hatte sich auf die beiden Plastiktüten gesetzt und die Arme um die Beine geschlungen. Genau wie damals. Ihr Gesicht lag auf den angewinkelten Knien. Es sah aus, als ob sie schliefe. Nachdem ich zehn Minuten hinter dem Pfeiler gelauert hatte und nichts geschehen war, fing ich an mir

Gedanken zu machen, warum die beiden sich ausgerechnet an einem so ungemütlichen Platz trafen. Außerdem, wie kam Buddi wohl hierher? Zu Fuß am Bach entlang? Oder ließ er sich von einem Kumpel an der Autobahn absetzen und kletterte die Böschung herunter? Vielleicht war er ein gesuchter Rauschgifthändler, der ständig vor Interpol auf der Flucht war. Katja hatte doch behauptet, er lebe in einem andern Land. Ich erwartete einen ganz verwegenen Typ.

Nach einer halben Stunde war Buddi noch nicht gekommen. Mir wurde kalt. Ich hätte mich gern ein bisschen bewegt, traute mich aber nicht. Katja durfte mich nicht bemerken. Sie hockte auf ihren Plastiktüten ohne ein Anzeichen von Ungeduld. Sie stand weder auf um sich mal zu strecken, sie wandte den Kopf nicht nach links und nicht nach rechts, hielt immer noch die Beine umschlungen und den Kopf auf den Knien. Wie konnte sie es nur so lange aushalten in dieser unbequemen Stellung?

Es wurde allmählich dunkel. Von Buddi noch immer keine Spur. Der verwegene Held verwandelte sich in meiner Fantasie mehr und mehr in einen üblen Ganoven, unzuverlässig, schwächlich, langweilig. Warum kam der Blödmann nicht?

Ich war schon ganz steif vor Kälte und meine Beine taten weh. Seit über einer Stunde lehnte ich an dem feuchten Betonpfeiler. Wie lange wollte Katja denn noch warten? Inzwischen musste ihr doch auch längst klar sein, dass Buddi nicht mehr kam. Sie war für nichts und wieder nichts aus dem Fenster gesprungen! Ich musste sie irgendwie ins Haus zurücklotsen. Bestimmt hatte Ma längst gemerkt, dass Katja getürmt war. Aber ich war entschlossen alles wieder einzurenken. So entschlossen wie noch nie.

Es war schon so dunkel, dass ich Katja kaum noch erkennen konnte. Ich kam hinter dem Pfeiler hervor, schlich zurück auf den Trampelpfad und ging dann mit raschen Schritten direkt auf sie zu.

Sie hob den Kopf und kam auf die Beine. Ich machte eine erschreckte Bewegung, zögerte und tat so, als ob ich sie erst jetzt erkannte. Richtig gutes Theater war das.

»Huch, was machst du denn hier?«, fragte ich scheinbar überrascht.

»Sanne« sagte sie leise und lächelte. »Hast du mich gesucht?«

»Nein – na ja, doch. Du warst auf einmal nicht mehr in der Bärenhöhle und das Fenster stand auf, da habe ich mir Sorgen gemacht. Obwohl ich es nicht soll.«

Sie lächelte noch immer sanft und sah glücklich aus. Das wunderte mich. Trotz der Dunkelheit konnte ich das genau feststellen. Wieso war sie nicht enttäuscht?

»Ich habe Buddi getroffen«, sagte sie. »Er hat mir Fotos von der Wohnung gezeigt. Das Zimmer mit dem roten Omasessel ist haargenau so, wie ich es mir gewünscht habe.«

»Was?«, fragte ich blöd. »Wo hast du ihn getroffen?«

»Hier.«

»Du spinnst! – Ich meine, das glaube ich nicht. Ich kann mir nicht denken, dass man sich unter einer Autobahnbrücke mit jemandem verabreden kann«, sagte ich.

»Mit Buddi kann ich das. Mit ihm ist das nicht wie mit dir oder Knolle, weißt du.«

Sie sagte das mit der größten Selbstverständlichkeit. Ich wusste, dass sie log.

»Katja, du hast nicht telefoniert. Du bist aus dem Fenster gesprungen und hattest gar keine Möglichkeit, dich mit deinem Bruder zu verabreden. Und trotzdem kam er einfach hier entlangspaziert, während du auf ihn gewartet hast?«, fragte ich. »Das erkläre mir bitte.«

»Du verstehst das doch nicht«, sagte sie. »Ich kann das nicht erklären.«

Ich legte den Arm um sie. »Darf ich dich etwas fragen?«

»Logo, schieß los.«

»Sei mir bitte nicht böse«, begann ich. »Ich will dir nicht wehtun, aber ... diese Verabredungen mit deinem Bruder, die bildest du dir nur ein. Das träumst du. – Buddi lebt nicht mehr.«

Katja ließ den Kopf auf die Brust sinken. Mit dem Fuß zog sie Striche auf den Boden. »Buddi lebt in einem andern Land«, sagte sie nach einer Weile.

»Wie meinst du das?«

»Na, irgendwann kommen wir alle dahin. Frag mal den Pfarrer. Paradies oder so. Nur – die meisten Menschen glauben nicht daran. Aber es gibt dieses Land. Ich weiß es. Buddi lebt dort. Und wenn ich ihn brauche, kommt er zu mir. Ich muss mich nur ganz stark auf ihn konzentrieren und keiner darf mich dabei stören. Auf einmal sehe ich ihn dann. Das ist wie ein ganz klarer Traum, wie ein Film, aber viel besser. Ich sehe ihn vor meinem inneren Auge und ich höre, was er mir sagt. Wie eine Vision ist das. Ich bin nicht verrückt. Das ist mehr als nur Einbildung. Es ist wirklich ein Treffen mit Buddi. Aber man kann es nicht genau erklären.

Von mir aus kannst du ruhig glauben, ich hätte 'ne Macke. Es ist mir schnurzpiepegal. Diese Psychoknacker meinen auch, sie müssten mich von irgendeinem Wahnsinn befreien. Sie wollen nicht, dass ich mich mit Buddi treffe. Das ist ihnen unheimlich. Die verstehen nichts, gar nichts.«

Jetzt begriff ich, warum sie sich so gegen Herrn Kranau gewehrt hatte.

»Das dämliche Gefasel von diesen Studierten hilft mir überhaupt nicht«, fuhr Katja fort. Sie war sehr erregt. »Die lesen in ihren schlauen Büchern nach, was normal ist. Und sofort kriegen sie den tierischen Ehrgeiz und doktern an mir herum. ›Du bist so fröhlich, obwohl deine Kindheit mies war. Ja, wie kommt das denn nur?‹, fragen sie. Wenn ich offen und ehrlich antworte: ›Weil ich einen Bruder habe, der mich beschützt, mit dem ich immer reden kann, wenn es mir dreckig geht‹, dann werden sie ganz eifrig. ›Och, das arme Kind hat einen Schaden. Aber den Bruder treiben wir ihr schon aus.‹ Sie zerhacken Buddi mit ihren beknackten Fragen. Sie machen aus ihm ein Hirngespinst. Sie klauen mir den einzigen Schatz, den ich habe. Würdest du dir das gefallen lassen, Sanne?«

Es erschreckte mich, wie heftig sie zitterte. Ihr Atem ging schnell.

»Komm mit nach Hause«, sagte ich. »Ma erkläre ich alles. Dann versteht sie, warum du nicht zu Herrn Kranau gegangen bist.«

Katja ging ein paar Schritte von mir weg. Dann drehte sie sich um. »Lass es sein«, sagte sie fest. »Es ist zwecklos. Ich passe nicht in euer Leben. Es ist zu eng für mich. Da ersticke ich.«

»Katja, bleib bei uns, bitte. Lass mich nicht allein. Komm mit, wir reden mit meiner Mutter und in ein paar Tagen lachen wir über alles.« Ich wollte Katja nicht verlieren, und wenn ich die ganze Nacht auf sie einreden musste. »Hast du eine Zigarette für mich?«, fragte ich um Zeit zu gewinnen.

Katja ging darauf gar nicht ein. Sie kam zu mir und wirbelte mich herum, wie sie das schon öfter gemacht hatte. Ich stolperte in der Dunkelheit, aber sie lachte.

»Eh, wir liegen gleich beide im Bach.« Ich versuchte mich von ihr loszumachen. »Bist du verrückt?«

»Logo! Verrückt vor Freude.« Sie ließ von mir

ab und hob die beiden Plastiktüten auf. »Komm mit bis zur Straße«, schlug sie vor. »Du kannst nicht im Dustern allein durch die Felder gehen. Da fürchtest du dich nur.«

Sie ging einfach los und ich lief hinterher. »Katja, ich habe eine Idee! Mir ist gerade etwas total Verrücktes eingefallen. Bleib noch ein paar Tage, wenigstens heute noch. Nun renn doch nicht so. Hörst du mir überhaupt zu?«

Sie drehte sich nicht einmal nach mir um.

Erst als wir die Straße erreicht hatten, kurz vor der Telefonzelle, aus der ich damals im Oktober Fräulein Wunderlich angerufen hatte, blieb sie stehen.

»Du verlierst mich nur, wenn du mich vergisst«, sagte sie. »Liegt also an dir. Ich denke immer an dich. Du bist meine beste Freundin und das bleibst du auch – Susi!«

Ich nahm sie in die Arme, aber sie befreite sich und ließ mich stehen. Sie lief über die Straße und streckte den vorbeifahrenden Autos den Daumen entgegen. Der fünfte oder sechste Wagen hielt. Sie winkte, ich hörte sie lachen, dann stieg sie ein.

Ich stand noch immer an der Straße, als das Auto längst nicht mehr zu sehen war. Nun ist sie wieder auf Trebe, das war der einzige Gedanke, zu dem ich fähig war. Mein Kopf war seltsam leer. Ich war wie betäubt.

Langsam ging ich in die Stadt hinein. Es war ein großer Umweg bis nach Hause. Aber das Gehen tat gut. Als ich am Jugendzentrum vorbeikam, sah ich, dass alle Fenster hell erleuchtet waren. Die laute Musik war bis auf die Straße zu hören. Ohne zu zögern ging ich hinein.

Knolle spielte Billard. »Na, da bist du ja wieder«, empfing er mich. »Dann ist Katja bestimmt auch nicht weit.«

»Doch«, sagte ich. »Sehr weit.«

dtv pocket

Band 78152

Katta sitzt im Knast – und das mit 16! Mit ihrer Clique hat sie eine Tankstelle überfallen und dabei den Tankwart angeschossen. Elf Monate muss sie absitzen – es ist kaum auszuhalten. Nur einen Lichtblick gibt es: Sie darf an einem Internet-Kurs teilnehmen und chatten. So lernt sie Judith kennen, die nicht weiß, dass Katta ihr aus dem Knast mailt. Judith will Katta unbedingt besuchen ...

Band 78153

Jan hat sich nie richtig wohl gefühlt in der Rolle als angehender Erbe des Sennebergschen Familienbesitzes. Auf einer Klassenreise nach London macht er eine Entdeckung, die sein Leben verändert: Die Druckerei, das Haus, der ganze Wohlstand – das gibt es alles nur, weil vor 60 Jahren die Juden verfolgt worden sind und Simon Reich auf der Flucht vor den Nazis alles zurücklassen musste ...